KB133364

환향

청소년 소설 _03

환향

글 장성자

펴낸날 2020년 1월 10일 초판1쇄
펴낸이 김남호 | **펴낸곳** 현북스
출판등록일 2010년 11월 11일 | 제313-2010-333호
주소 04071 서울시 마포구 성지길 27, 4층
전화 02)3141-7277 | **팩스** 02)3141-7278
홈페이지 http://www.hyunbooks.co.kr | **인스타그램** hyunbooks
ISBN 979-11-5741-193-1 43810

편집 이경희 | **마케팅** 송유근 | **영업지원** 함지숙

글 ⓒ 장성자 2020
이 책은 저작권법에 의하여 보호를 받는 저작물이므로 무단 전재 및 복제를 금지하며,
이 책 내용의 전부 또는 일부를 이용하려면 반드시 저작권자와 현북스의 허락을 받아야 합니다.

환향

還鄕

장성자

차 례

프롤로그   6

1. 봄   13

2. 한양 구경   22

3. 볼모   32

4. 환향녀의 굴레   43

5. 정 진사   52

6. 꿈결에 찾아간 집   64

7. 보따리 도둑   71

8. 진영의 꿈   80

9. 애기씨   92

10. 아픈 이름들   106

11. 본모습   117

12. 피로인들   124

13. 사라진 어머니   135

14. 세상에 없던 아이   144

15. 백냥과 수복   153

16. 청인의 핏줄   161

17. 꼭 해야 할 일   173

18. 돌아온 이름들   184

19. 세자와 임금   198

20. 봄밤의 꽃향기   206

에필로그   212

작가의 말   215

프롤로그

1631년, 가을.

"애기씨, 진통이 느껴지시면 방문을 두드리십시오. 마당에
있겠습니다."

최 집사의 조심스러운 목소리가 잦아든다.

수령은 벽에 몸을 기댄 채 숨을 몰아쉬었다. 둥그런 배 아래
에서 찌르르하는 아픔이 올라온 지 한참 되었다. 아픔이 몰아
치는 간격이 점점 짧았고, 그때마다 묵직한 무언가가 쏟아질
듯 아랫도리를 눌렀다.

'진통, 이게 진통이란 말이지. 이게 아기라는 것이 나온단 신
호란 말이지……'

수령은 한 손으로 입을 틀어막고 다른 손으론 벽을 긁었다. 이마에 땀이 맺혔다.

"으윽, 으읍."

기어이 손을 뚫고 신음 소리가 새어 나왔다.

"애기씨, 지, 진통이 오는 것입니까."

"아, 아니다."

"이웃 아낙을 불러오겠습니다."

"아니다, 아니야. 아니란 말이야······. 으윽!"

수령은 방바닥에 쓰러져 바닥을 긁었다. 아버지 얼굴이 스쳐 지나갔다. 잘 기억나지 않던 어머니 얼굴도 지나갔다.

그날 밤, 문을 열고 스며들듯 들어오던 검은 형체도 떠올랐다. 한참이나 수령을 내려다보던 그 형체. 눈을 꾹 감은 채 제발 돌아가라고 얼마나 속으로 외쳤던가. 결국 자신에게 닿은 그 손이 떠오른 순간 수령은 가슴을 쥐어뜯었다. 배를 두드렸다. 이 둥그런 배와 함께 팡 터져서 어디론가 사라질 수만 있다면. 수령은 있는 힘껏 또 배를 두드리고 쥐어뜯었다. 온몸이 땀으로 젖었고 가쁜 숨소리만이 방을 채워 갔다. 손에서 점점 힘이 빠져나갔다. 정신이 아득했다.

누군가 수령의 허벅지를 때리고 뺨도 때렸다.

"이 보소! 정신 채리야지요. 이라믄 둘 다 죽는 기라요. 뒷간

갔을 때처럼 끄응, 끄응 배에 힘을 주야재요!"

늙은 아낙인 듯한 목소리가 희미하게 들렸다. 수령은 힘을 주지 않았다. 그러고 싶지 않았다. 그런데도 아랫배에 저절로 힘이 들어갔다. 배 속에 있는 것이 제발 나가게 해 달라고 밀어내는 것 같다. 끄응, 끄응 소리가 절로 났다.

"힘 주요, 힘. 그렇재, 그렇재, 좀만 더, 좀만 더!"

아낙은 수령의 배를 꾹꾹 누르며 소리를 질러 댔다.

"됐다. 나온다, 나온다, 나왔대이! 엉? 와 안 우노? 이 세상에 살러 왔으모 심차게 울어야 재. 아따매 이 쪼매난 궁뎅이를 때리야 되겠네."

찰싹! 찰싹!

응애응애.

바람결에 지나가는 소리인 듯 아기 울음소리가 수령의 귀를 지나갔다.

"아이구마, 미역국은 왜 안 묵었는교? 이리 귀한 거를. 최집산가 하는 사람이 방에 들어 오도 못하고 이리저리 뛰댕기다가 나중에 오마 하고 갔소마는, 무슨 사연으로 이 진영 땅까지 들어왔는가는 모리겠지만 알라 젖을 멕일라면 어메가 묵어야……. 옴마! 아직 알라 젖도 안 믹있는가? 시상에, 이 힘없이 울어 쌓는 거 봐라, 어이구야. 무슨 어메가 이런고……."

수령은 벽을 보고 누워 있었다. 아낙의 주절거림이 먼 데서 떠드는 소리처럼 귓바퀴를 지나갈 뿐이었다. 아기 울음소리도 흐릿하게 들렸다.

이틀, 수령은 아기 얼굴을 보지 않았다. 아기를 밀쳐 둔 채 밤새 귀를 틀어막았다. 어젯밤까지 악을 쓰고 울어 대던 울음이 새벽이 되면서 점점 잦아들었다. 울음이 잦아들수록 수령의 가슴은 쿵쿵 뛰었다. 무서웠다. 그래도 몸을 돌려 아기를 볼 용기가 나지 않았다.

"죽든가 살든가 맘대로 하소. 내는 뭐 돈 받은 만큼만 하면 되니까……."

아낙이 방문을 쾅 닫고 나갔다. 문소리에 놀랐는지 힘없는 아기 울음이 한 번 들리더니 조용해졌다. 한참이 지난 것 같은데도 아기는 더 이상 울지 않았다. 아주 작은 울음소리도 귀로 들어오지 않았다. 수령은 벌떡 일어났다.

면 포대기에 싸여 저쪽 끝에 밀쳐진 아기 얼굴이 꺼멓게 보였다. 수령은 덜덜 떨리는 손으로 포대기를 당겼다. 아기는 꼼짝도 하지 않았다. 포대기를 펼치고 아기를 흔들어 보았다. 뻣뻣해진 작은 몸이 수령의 손을 따라 움직였다. 손끝에서부터 소름이 몰려들어 온몸으로 퍼졌다.

"아, 안 돼……."

수령은 저고리 고름을 풀었다. 손이 떨려서 고름이 점점 묶여 가는 것 같았다. 할 수 없이 저고리를 위로 올리고 치마를 끌어 내렸다. 수령은 아기를 들어 안고 무작정 아기 얼굴을 자신의 가슴에 대었다. 아기의 눈과 입은 꾹 닫혀 있었다. 수령은 새까매진 아기 얼굴을 두드리며 젖꼭지를 아기 입에 넣으려고 애를 썼다. 젖이 한두 방울 흘러 아기의 입을 적시고 흘러내렸다.

"제발, 제발……."

누가 도와줬으면 좋겠지만 아무도 없다. 수령의 눈물이 아기 얼굴로 떨어졌다. 아기 눈썹이 파르르 떨렸다. 수령은 또다시 젖꼭지를 아기 입으로 쑤셔 넣다시피 했다. 젖이 아기 입을 적시며 흘러내렸다. 순간 아기가 입을 조금 벌렸다. 입을 조금씩 오물거리며 얼굴도 조금 돌렸다. 젖을 찾고 있는 것 같았다. 수령은 얼른 젖꼭지를 아기 입에 대었다. 아기가 젖을 빨기 시작했다. 젖을 빠는 힘이 약해 자꾸 젖꼭지를 놓쳤다. 하지만 또 금세 젖꼭지를 찾아 물었다. 점점 젖을 빠는 힘이 세졌다. 먹은 것이 없어도 퉁퉁 불은 젖가슴에서 젖이 흘러 아기 입을 적셨다.

수령은 갑자기 허기를 느꼈다. 소반˚에 다 식은 미역국이 세

그릇이나 그대로 있었다. 젖을 물린 채 소반을 당겼다. 한 팔에 아기를 안고 한 손으로 숟가락을 들었다. 마른침을 삼키며 미역 줄기를 걷어 입으로 가져갔다. 후루루룩, 식은 미역에 차가운 국물이 입안에 가득 찼다. 우물우물 씹는 사이에 미역이 목구멍을 타고 내려갔다. 숟가락을 놓고 국그릇을 들어 국물을 들이켰다. 남은 국물에 식은 밥을 말았다. 후루룩, 후루룩⋯⋯. 숟가락질이 빨라졌다. 이마에 땀이 맺히다 미끄러져 내렸다. 밥과 국을 다 먹고 나서야 수령은 아기를 보았다. 아기는 절대로 젖꼭지를 놓지 않겠다는 듯 꽉 물고는 쌕쌕거리며 숨을 쉬었다. 이제야 아기 얼굴이 수령의 눈에 확실히 들어왔다. 짚을 엮어 사람 모양을 만든 것처럼 누렇고 살이 없었다. 아기 볼을 살살 쓰다듬었다. 눈꺼풀이 움직이더니 살며시 눈을 떴다. 까만 눈동자가 주위를 살피듯 천천히 움직였다.

수령은 밤새도록 젖을 먹였다. 잠이 든 아기를 깨워 또 먹였다. 아기의 숨소리가 커지고 팔다리를 꼼지락거렸다. 잠깐씩 수령과 눈도 마주쳤다. 아기가 잠든 사이 수령은 밖으로 나와 툇마루에 앉았다.

밤하늘에 별이 가득했다. 이름도 얻지 못한 뭇별들이지만

━━━━━━━━━━━━━━

■ 소반 자그마한 밥상.

저마다 빛을 내고 있었다. 수령은 천천히 일어나 부엌으로 갔다. 가마솥에 있는 물을 떠서 세수를 하고 나뭇단에서 나뭇가지 하나를 잘라 내어 거스름이 없도록 다듬었다. 그러곤 댕기를 풀어 손가락으로 머리카락을 훑어 내렸다. 훑어 내린 머리카락을 다시 땋아 뒷목 위에서 뱅뱅 돌렸다. 뱅뱅 돌린 머리카락 사이로 다듬은 나뭇가지를 찔러 넣었다. 손을 놓으니 머리카락이 툭 풀어졌다. 다시 똬리를 마는 것처럼 땋은 머리카락을 휘감고 그 사이사이로 나뭇가지를 찔렀다. 아낙들이 하는 쪽 찐 머리가 만져졌다.

수령은 엄마가 되었다.

1. 봄

1645년, 봄.

새벽바람이 선득해서 진영은 몸을 부르르 떨었다. 겨울 새벽으로 되돌아간 것 같았다.

"어머니, 오늘은 서리까지 내리네요."

"글게 말이라. 청명도 지나고 해서 완전히 봄인 줄 알았드만요 며칠 와 이라는고. 쿨럭, 쿨럭……."

옆에서 걷고 있는 어머니도 목을 움츠리며 말했다. 머리와 목을 완전히 감싼 수건 때문에 어머니 얼굴이 더 작아 보였다. 봄이 되어 어머니 기침이 나아지길 바랐던 진영은 밤새 내린 서리가 원망스러웠다.

"괜안타. 해가 나면 금세 따뜻해진다. 지까짓 게 봄볕을 당하겠나."

진영의 마음을 눈치챘는지 어머니가 하늘을 보며 호기롭게 말했다.

"암요, 암요."

진영도 큰 목소리로 대꾸했다.

"요새 심부름거리가 많재?"

"그게 다 시전▪ 주인들이 저를 좋아해서 그렇지요. 아마 제가 없으면 운종가▪가 돌아가지 않을걸요. 헤헤."

어머니가 피식 웃으며 앞서 걸었다.

진영은 조그맣고 구부정한 어머니 등을 보았다. 이대로 집으로 돌아가서 어머니를 쉬게 하고 싶었다.

한양으로 올라오기 전 어머니는 몇 달을 앓았었다. 그러던 어머니가 한양으로 가자고 했을 때, 진영은 어머니가 정신 줄을 놓은 줄 알고 얼마나 놀랐는지 모른다. 어머니는 한양에서

▪ 시전 조선 시대에, 지금의 종로를 중심으로 설치한 상설 시장. 관아에서 임대해 주고, 특정 상품에 대한 독점 판매권과 난전을 금지하는 특권을 주는 대신 관아에서 필요로 하는 물품을 바칠 의무를 부과했다.
▪ 운종가 조선 시대에, 서울의 거리 가운데 지금의 종로 네거리를 중심으로 한 곳.

한번 살아 보고 싶다고 했다. 궁궐도 보이고 기와집도 많고, 사람도 많은 곳에서 우리도 한번 살아 보자고 했다. 진영이 싫을 리가 없었다. 식구는 단둘. 이사라고 해 봐야 이불과 끼닛거리를 해결할 식기 몇 개만 들고 지면 그만이었다. 장터에서 사람들이 하는 말을 들으면, 한양에는 일 년 내 장이 열려서 사람들이 구름처럼 모이는 곳이 있다고 했다. 그곳에 가 볼 수 있다니, 진영은 몇 날 밤 잠을 설치며 한양 갈 날만 기다렸었다.

한양으로 왔지만, 사대문 안에 사는 건 생각도 못 할 일이었다. 그동안 모은 돈으로 돈의문 밖에 집을 얻었다. 어머니 건강도 나아지는 것 같아 진영은 더 바랄 것이 없었다. 그런데 지난겨울부터 어머니는 예전에 몇 달 앓았던 때보다 더 안좋아지는 것 같았다. 국밥집에서 일하는 걸 말렸지만 어머니는 듣지 않았다. 진영도 혼자 지게 품팔이를 해서는 살길이 막막하여 더 이상 어머니를 말리지 못했다. 다행히 웬만한 시전 주인들은 빠릿빠릿하고 잘 뛰어다니는 진영을 많이 찾았다. 글도 알고 셈도 밝은 지게꾼을 구하기는 쉽지 않은 터였다.

돈의문 앞은 파루¹가 울리길 기다리는 사람들로 가득했다.

■ 파루 조선 시대에, 서울에서 통행금지를 해제하기 위하여 종각의 종을 서른세 번 치던 일.

성문 앞에서 어머니는 진영의 옷고름을 다시 매어 주었다. 진영이 어머니 손을 잡으며 속삭였다.

"어머니, 사람들이 흉봐요. 다 큰 아들 옷고름 만진다고."

"그러이 단디 하고 다니란 말이다."

어머니는 바지춤의 끈도 다시 빙 둘러 꽉 묶어 주었다. 허리가 아플 지경이었다. 사람들이 다 쳐다보는 것 같았다.

"옷고름은 제가 단단히 매고 다닐 테니 어머니는 말투 좀 고치세요. 한양에 온 지 일 년도 넘었어요."

"어떻게 배운 말인데……. 빨리 가자. 참, 화천댁이 니 혼처 주선한다고 하드라."

"또 그 얘기!"

진영이 버럭 소리를 질렀다. 어머니는 들은 척도 않고 도성 안으로 들어가 버렸다. 진영이 달려가 어머니 팔을 잡았지만 어머니는 앞만 보고 걸었다.

혜정교¹에서 진영은 어머니 팔을 놓았다. 여기서 말해 봤자 아무 소용이 없었다. 오늘 밤에 어머니와 담판을 지어야겠다 생각하며 상미전²으로 뛰어갔다.

■ 혜정교 지금의 광화문우체국 동쪽에 있던 다리.
■ 상미전 조선 시대에, 서울 종로에서 품질이 높은 쌀을 팔던 가게.

상미전 주인이 달구지에 실린 쌀가마를 두드리며 정태에게 무슨 말을 하고 있었다. 정태는 시무룩한 표정으로 아버지 말을 듣는 둥 마는 둥 했다. 진영은 행랑* 옆에 서서 눈치를 보았다. 운종가에 온 이후로 이 상미전에서 주로 심부름을 하고 있었다. 처음엔 주인이 진영에게 거의 다 심부름을 시키더니, 요즘은 자기 아들에게 자주 심부름을 시켰다. 진영과 동갑인 정태는 아버지 바람과는 달리 장사에 관심이 없었다.

"진영이 시키세요. 저는 급한 일이 있다니까요."

"뭔 소리야, 장사꾼 아들이 장사를 배워야지. 뭐가 급하다는 게야! 요즘 좀 나아지나 했더니."

상미전 주인이 속 터져 죽겠다는 듯 가슴을 팡팡 쳤다. 진영은 이때다 싶어서 가까이 다가가 조심스럽게 말했다.

"저, 제가 대신 가면……."

말이 끝나기도 전에 주인이 쌍심지를 켜고 진영을 노려보았다. 진영은 고개를 푹 숙였다. 진영과 아들을 번갈아 보던 주인이 한숨을 푹푹 내쉬었다.

진영은 얼른 뒷걸음질로 나와서 다른 시전들을 살펴보았다. 일찍 문을 연 곳도 있지만 아직 닫혀 있는 시전들도 많았다.

■ 행랑 조선 시대에, 서울의 큰 거리 양쪽에 줄지어 세운 상점.

진영은 비단을 파는 선전으로 냅다 뛰었다. 어제 비단이 들어오는 걸 보았다. 오늘 분명히 어느 댁으로 들어갈 것이다. 다행히 아직 문을 열지 않았다. 진영은 다른 지게꾼이 오기 전에 선전 앞에 딱 붙어 서서 문이 열리길 기다렸다. 한 식경쯤 기다렸을까. 드디어 문이 열렸다.

"평안히 주무셨어요! 오늘 물건 들어갈 댁이 있지요?"

진영은 일부러 굵고 밝게 목소리를 높였다. 선전 주인이 눈을 끔벅거렸다.

"어찌 알고?"

주인이 거리를 훑어보았다. 다른 지게꾼은 보이지 않았다.

"어이구, 제가 장터에서 뼈가 굵은 지 어언……"

"예끼, 아침부터 실없기는. 그럼 오늘은 내 심부름을 하거라."

"고맙습니다."

진영은 차분하게 두 손을 모으고 허리를 숙였다. 비단은 양반 댁으로 가는 아주 소중한 물건이다. 까불거리는 행동으로 주인 걱정을 사기 싫었다. 주인은 비단 꾸러미를 지게에 올렸다.

"먼지 한 톨도 묻으면 안 된다."

진영은 입술을 굳게 다물고 눈을 반짝이며 고개를 끄덕였다. 가끔은 말로 하는 대답 대신 표정으로 하는 대답이 훨씬 믿음을 주는 법이다.

지게를 지고 조심스럽게 걷다 보니, 다른 날보다 시간이 배로 걸렸다. 북촌으로 갈수록 얼굴에 스치는 바람의 느낌이 달랐다. 양반 동네라 그런지 바람도 비단옷을 입은 것 같았다.

김 대감 댁 앞에 소달구지가 보였다. 정태가 소달구지 고삐를 잡고 대문 앞에 어정쩡하게 서 있었다. 이제야 상미전 주인이 진영에게 눈을 부라린 이유를 알 것 같았다. 제일 높은 벼슬이라는 정승 댁에 잔치가 다가오니, 아들에게 심부름을 시켰겠지.

"쌀, 가져왔다고요……."

정태는 대문에 대고 겨우 말하고 있었다. 모깃소리만도 못한 목소리는 대문에 닿지도 못할 것 같았다.

"정태."

"어, 진영이구나."

정태 표정은 어두웠다. 아버지 심부름이 싫어서만은 아닌 것 같았다.

"어디 아프냐?"

진영의 물음에 정태가 힘없이 고개를 저었다.

진영이 대문을 두드렸다. 바로 옆이 행랑채*일 텐데 기척이 없었다. 다시 대문을 두드리며 집 안을 향해 소리를 높였다.

"운종가에서 왔습니다!"

그때서야 뛰어오는 발소리와 대문 걸쇠 푸는 소리가 났다. 그런데 정태가 갑자기 진영 손에 달구지 고삐를 넘겼다.

"진영아, 나 좀 급히 가 볼 데가 있다. 이거 좀 부탁한다."

진영이 뭐라 답하기도 전에 정태는 벌써 돌아서서 뛰어가 버렸다.

정승 댁에 쌀과 비단을 내려 준 진영은 달구지를 끌고 천천히 북촌 골목을 걸었다. 다닥다닥 붙은 운종가의 시전이나 집들과 달리 이곳은 몇 칸인지 가늠하기도 힘든 기와집이 널찍널찍 자리를 잡고 있었다. 담장은 그리 높지 않았지만 언감생심 흘깃거리며 안을 볼 엄두도 못 냈다.

진영은 가끔 북촌에 올 때면 일부러 천천히 걸으며 담장 안에서 벌어지는 양반들의 생활을 상상해 보곤 했다. 하지만 상상은 마당까지였다. 심부름 갔을 때 대문 열고 들어가 하인에게 물건을 넘겨주며 보았던 마당. 그 댁 마님이나 자제들을 볼 기회도 있었지만 보는 순간 눈을 내리깔고 소리만 들을 뿐이었다. 부럽다는 생각은 해 보지 않았다. 부럽다는 건 어느 정

■ 행랑채 대문간 곁에 있는 집채.

도 다다를 경지에 있을 때 하는 말일 것이다. 양반들이 사는 세상은 다른 세상이었다. 감히 건너갈 엄두도 못 내는.

봄이라 그런지 담장 안이나 길에 있는 나무들에 새순이 삐죽삐죽 나와서 북촌을 더 싱그럽게 만들었다. 진영은 북촌을 나가려고 달구지 고삐를 당기며 하늘을 올려다보았다. 서리가 내렸던 새벽과 달리 파란 하늘이 펼쳐져 있었다. 달구지 바퀴에 돌멩이 튕겨 나가는 소리가 조용한 거리에 울렸다. 진영은 괜히 신경이 쓰여 주위를 돌아보았다. 그때 눈에 익은 여인이 어느 기와집 앞을 서성거리는 것이 보였다. 진영은 고개를 갸웃했다. 달구지 고삐를 길가 나무에 묶어 놓고 좀 더 다가가 보았다.

"어머니?"

"에구머니나!"

어머니가 어깨가 솟을 정도로 놀라며 머릿수건을 앞으로 당겨 얼굴을 가렸다.

2. 한양 구경

"어머니가 여긴 웬일이세요?"

진영이 놀라서 물었다.

"그냥 보, 볼일이 좀 있어서⋯⋯."

"이 근처에서요? 참, 전에도⋯⋯."

달포[■] 전쯤, 어머니와 이 근처에서 만난 적이 있었다.

"볼일이 있어서, 아니, 양반 댁들 구경 좀 하니라꼬. 니는 와 이 근처를 어슬렁거리며 댕기노?"

"어슬렁거리다뇨? 재동 잔칫집에 심부름 갔다가 날도 좋고 해서 둘러 가는 거예요."

[■] 달포 한 달이 조금 넘는 기간.

"늦가 다닌다고 혼쫄나면 어짤라고."

어머니는 걱정하며 몸을 돌렸다.

"아직 이른 시간이라 손님이 별로 없어요. 참, 어머니. 저 집 말이에요."

진영은 어머니가 기웃거리던 기와집을 가리켰다. 어머니 눈이 진영의 손가락을 따라갔다.

"저 집, 얼마 전에 이사 가고 빈집이었는데 어느 댁이 들어오나 봐요. 하인들이 며칠째 청소를 하더라구요."

어머니는 진영을 잠시 보더니 힘없이 말했다.

"그런 갑다."

"어머니도 저 집을 아세요?"

"알기는……. 오가다 보이 눈에 좀 들어오대."

'오가다?'

어머니가 가끔 한양 구경을 다니는 게 진짜인 것 같아 진영은 웃음이 났다. 한양에서 살아 보고 싶다던 어머니 말이 빈말이 아니었다. 머릿수건을 내리며 돌아서는 어머니 눈 밑이 어제보다 더 까매진 것 같았다.

"어머니, 달구지에 타세요. 피마길*까지 제가 모시고 갑죠."

진영은 일부러 허리를 푹 숙였다가 어머니 팔을 잡아끌었다.

"에구, 남새시럽구러."

진영의 손을 뿌리치며 어머니는 뛰듯이 걸어갔다. 진영은 달구지 고삐를 풀며 다짐했다.

'어머니, 조금만 기다리세요. 꼭 운종가에서 시전 상인이 될게요. 그래서 우리도 좋은 집에서 좋은 음식 먹으며 행복하게 살아요. 저렇게 큰 기와집은 아니라도…….'

진영은 다시 한 번 기와집을 보다가 대문 열리는 소리에 고개를 홱 돌렸다. 건널 수 없는 세상을 바라보는 것만으로도 죄를 짓는 것 같았다.

운종가로 나오니 시전 행랑들은 모두 문을 열고 있었다. 서로 질세라 행랑 문 앞까지 물건을 펼쳐 놓아 거리는 더 복잡했다. 운종가에 들어서면 제일 먼저 눈에 띄는 여리꾼▪들도 나와 있었다. 허름한 두루마기 위에 무당들이나 걸칠 듯한 청홍색 천을 두르고, 먹잇감을 찾는 괭이▪들처럼 눈알을 굴리는 사람들이다.

상미전 앞에 소달구지를 세우자, 주인이 두꺼비 같은 눈을

▪ **피마길** 조선 시대에, 평민들이 종로를 지나는 고관의 말을 피해 다니던 길.
▪ **여리꾼** 상점 앞에 서서 손님을 끌어들여 물건을 사게 하고 주인에게 삯을 받는 사람.
▪ **괭이** 고양이.

끔벅거렸다.

"정태가 갑자기 바쁜 일이 있다고 저한테 맡기고 갔어요."

사태 파악이 된 주인이 곰방대를 뻑뻑 피웠다.

"그 콩 자루는 수표교[■] 앞 허 종사관 집이다."

쌀밥을 매일 먹는지 얼굴에 주름이 보이지 않을 정도로 퉁
퉁한 주인은 꼭 두꺼비를 닮았다. 진영은 지게를 지고 일어나
다가 웃음이 나서 무릎이 푹 꺾였다. 두꺼비 주인이 곰방대를
바닥에 딱 때렸다.

"뭘 했다고 벌써 지쳤어?"

진영이 벌떡 일어섰다.

"명심해. 득한이가 부탁해서 특별히 너를 써 주는 거야. 나
아니면 누가 너같이 삐쩍 마르고 계집애같이 생긴 놈한테 매
일 일거리를 주겠느냐. 운종가에 지게 품팔이꾼이 얼마나 많
은지 알지? 이놈아."

아들에 대한 화풀이를 하듯이 두꺼비 주인이 한바탕 떠들
었다. 진영은 움찔했지만 이내 입을 꽉 물었다.

"잘 알고 있습니다."

진영은 작대기에 몸을 의지한 채 두꺼비 주인에게 인사를

───────────────

■ 수표교 조선 시대 세종 때 청계천(현재의 청계천 2가)에 놓은 돌다리.

했다. 돈을 벌어야 하고 배울 건 배워야 한다. 그래야 한양에서 터를 잡고 살 수 있다.

"득한이는 요번에 안 왔다더냐?"

"모, 모릅니다. 갑자기 왜……."

진영이 두꺼비 주인이 무슨 눈치를 챘나 살피며 말했다.

"쯧쯧, 은혜도 모르는 녀석 같으니라고."

두꺼비 주인이 곰방대를 바닥에 딱딱 때리며 돌아앉았다. 진영에 대한 눈치를 챈 건 아닌 것 같았다.

'휴, 은혜는 압니다. 덕분에 운종가에 발붙이고 사는 거요. 하지만 저 먼 청나라에 있는 사람이 오는지 가는지 제가 어찌 압니까?'

진영은 안심하며 속으로만 대거리했다.

두꺼비 주인 보란 듯이 열심히 일을 하고 싶었으나, 수표교에 다녀오니 다른 심부름거리가 없었다.

상미전에 일이 없을 때면 진영은 운종가를 어슬렁거렸다. 어슬렁거린다고 그냥 다니는 건 아니다. 어느 시전에서 지게꾼이 필요한지 재빠르게 알아채고 달려가야 한다. 여리꾼들하고도 친해져서 변어*도 몇 개 배웠다. 처음에 진영은 변어를 쓰며 너무 값을 많이 부르는 여리꾼 옆에서 손님을 도와주다가 된통 혼이 났었다. 하지만 여리꾼 김씨는 머리와 손이 빠른 진영을 자기 후계자로 삼고 싶다고도 했다. 김씨가 진영을 향해 손을 흔들며 빨리 오라고 했다.

"칠목기전■으로 모시고 가서 니가 한번 흥정을 해 봐라. 나에게도 여리 나눠 주는 거 잊지 말고."

김씨는 허름한 두루마기를 입고 패랭이를 쓴 노인의 팔을 진영에게 넘겼다. 운종가는 이천 개가 넘는 시전들이 다닥다닥 붙어 있어서 처음 온 사람들은 어디가 어딘지 알 수가 없었다. 노인이 고개를 이리저리 돌리며 말했다.

"내가 예전에는 이 운종가를 다 꿰고 있었는데 말이지."

"와, 이렇게 많은 시전을 다 꿰셨다고요? 여기 오면 젊은이들도 헤매고 다니는데요."

"병자년 전쟁 나기 전에 저기 목멱산 밑에서 살았거든. 한 팔 년 되았나. 아이고, 피난 갔다가 돌아와 보니 여기저기 너부러진 시체들에 불에 탄 집들에……. 쑥대밭이 되어서 다시는 사람 살 곳이 못 되나 했더니……."

노인이 허리를 펴고 머리를 들어 주위를 휘휘 둘러보았다.

■ 변어 두 개로 이루어진 한자에서 어느 하나를 빼서 수를 말하는 여리꾼 암호. 예를 들어 天不大(천불대)는 '天' 자에서 '大' 자를 빼는 것이므로 '一'을 뜻한다.
■ 칠목기전 옻칠을 하여 만든 가구나 나무 그릇 따위를 팔던 가게.

북악산과 인왕산, 저 앞에 목멱산, 그 옆으로 타락산*에 둘러 싸인 한양은 말 그대로 볕이 잘 드는 너른 마당 같은 곳이다. 병자년에 전쟁이 났었다는 말을 가끔 들었지만, 이 아늑한 땅이 오랑캐들에게 무참히 짓밟힌 백성들로 넘쳐났다는 게 믿기지 않았다. 지금은 청인들이 버젓이 길에 돌아다니고 있었다. 궁궐로 들어가는 청인들도 많이 보았다. 최 집사 아저씨처럼 청나라를 오가며 장사하는 사람도 많았다. 청인들이 운종가에 나타날 때면 여자들은 길거리에 나오지 말라는 방이 붙을 때도 있지만, 어른들이 말하는 전쟁은 옛날이야기 같기만 했다.

칠목기전으로 가는 동안 진영은 잠시 고민했다. 어머니의 어두운 낯빛이 떠올랐다. 여리를 좀 더 챙겨 받아서 어머니 약을 지어야지 생각하다가도, 노인 행색을 보면 그런 생각을 하는 자신이 나쁜 사람 같았다.

"조상님들께 새 목기로 제사상을 올리려고 말이지."

노인이 조그만 행랑 안을 둘러보았다.

"전쟁 나서 피난 갈 땐 제기 하나 제대로 챙길 수가 있었나.

■ 타락산 서울 종로구와 성북구의 경계를 이루고 있는 산. 산의 모양이 낙타와 같다고 하여 지어진 이름.

명색이 양반 가문인데 조상님 뵐 면목이 없었지. 조상님 은덕으로 이렇게 살고 있으니, 내 죽기 전에 번듯한 제기를 마련해 놓으려고 한다네."

노인은 허리를 곧추세우고 눈을 내리깔며 자신을 업신여기지 말라는 듯 천천히 말했다. 주인이 입을 비죽이며 안쪽에 쟁여 놓았던 제기들을 꺼냈다.

번듯한 제기를 다 사려면 값이 만만치 않았다. 노인 행색으로는 그 값을 다 치를 수 있을 것 같지 않았다. 결국 노인은 몇 달 안으로 꼭 다시 오겠노라며 힘없이 행랑을 나갔다.

진영은 터벅터벅 걸어가는 노인의 뒷모습을 보며 마음이 착잡했다. 먹고살기도 힘든 행색으로 조상님께 올릴 번듯한 제기를 못 산다고 낙담하다니. 그리고 보니, 어머니는 한 번도 제사를 지내지 않았다. 먹고살기 힘들었기도 했지만 아버지 기일을 대놓고 챙길 수도 없었다.

진영은 종루 앞 큰길을 사이에 둔 양쪽 행랑들을 훑어보았다. 여리꾼들은 늘 말했다. 여리꾼 노릇을 하려면 항상 사람들 모습을 잘 살펴야 한다고.

"음, 저 선비님은······."

아까부터 사람들 사이에서 언뜻언뜻 보이는 선비였다. 어느 시전 앞에선 한참 서 있기도 하고, 어느 시전에선 주인과 오래도록 얘기도 했다. 그런데 물건은 사지 않고 또 다른 곳으로 옮겨 갔다. 진영은 선비의 옷 품새, 걸음걸이 그리고 어느 시전에서 한참 머무르는지를 살폈다. 선비는 시전을 보는 것뿐만 아니라 시전 위로 하늘도 한참 보고, 또 멀리 내다보며 시전의 길이를 가늠해 보는 것도 같았다. 익숙한 곳을 보는 사람이 아니었다.

"분명 한양에 여차여차 구경 온 선비일 거야. 이제 고향으로 내려갈 때가 된 거지. 그렇다면 가족들에게 줄 선물을 사야겠지."

진영은 마치 자기가 딱 해야 할 일을 찾은 듯 선비에게로 달려갔다.

"저어, 선비님."

진영이 곁에 가서 불렀는데 선비는 돌아보지 않고 걸어갔다. 커다란 갓을 얼굴 앞쪽으로 내려 써서 얼굴을 잘 볼 수 없었다. 진영은 예의 바른 척 고개를 숙이면서도 선비 얼굴을 보려고 눈을 살짝 치떴다.

"선비님, 고향에 계시는 가족들 선물을 고르시는 거지요? 제가 도와드리겠습니다. 여기 시전은 이천 개가 넘어서 처음 오신 분은……."

"괜찮다. 처음 아니다."

선비가 진영의 말을 끊었다. 진영은 머쓱했다. 그래도 이대로 물러서면 안 된다.

"네에. 어느 고장에서 오셨는지 모르지만, 운종가에 없는 게 없지요?"

선비는 고개를 끄덕이며 걸어갔다. 비단옷에, 목소리와 걷는 품새가 다른 선비들과 좀 달라 보여 진영은 선비가 저 앞에 가는데도 계속 보고 있었다. 그런데 좀 이상했다. 선비가 걸어가면 따라 걷고 선비가 멈추어 서면 같이 멈추어 서는, 몇 사람이 있었다. 무사처럼 긴 막대기를 허리춤에 찬 사내가 두 명정도 있었고, 갓을 쓰고 허리가 구부정한 사람도 있었다. 진영은 고개를 갸웃하며 돌아섰다. 그때 또래로 보이는 웬 녀석이 진영의 위아래를 훑어보면서 지나갔다. 녀석은 아까 그 선비바로 뒤에서 따라갔다. 진영은 어이가 없었다.

'내가 니 상전을 해코지라도 하냐!'

진영은 종주먹을 들어 보이고 돌아섰다.

3. 볼모

오늘도 세자는 아버지 기별을 기다렸다. 먼저, 시간을 내지 못한다며 기다리라는 기별을 주신 날은 이틀뿐이었다. 청에서 온 사신들 요구 조건이 까다로워 온 조정이 정신이 없다는 이유였다. 사신들이 요구하는 물품을 조금이라도 줄이려고 대신들 상소가 하루가 멀다 하고 올라오고 있다고 했다. 쌀 이 십만 석을 요구하면 칠만 석으로 줄여야 한다는 소가 올라오고, 며칠 뒤엔 십만 석은 보내야 한다는 소가 올라온다고 했다. 사신들에게 은 삼천 냥을 주자는 호조의 건의가 있다고도 했다. 청이 세자를 보내며 함께 보낸 사신들이다. 복잡한 일을 만든 당사자이니 그냥 있을 수 없었다. 세자도 은을 내놓겠다고 했다. 이참에 아버지를 만나 담소 나누며 사신들 문제를 같이 의논하고도 싶었다. 하지만 아버지는 아들을 부르지 않았다.

언제 건너오라 하실지 모르니, 다른 일을 할 수도 없었다. 아침 문안을 드리려 고하면 몸이 좋지 않으니 후에 보자는 대답만이 내려왔다. 궐 밖으로 나가 백성들이 사는 모습을 보고 싶었지만 그럴 수 없었다. 불쑥 아버지가 오셨는데, 아들이 없다면 얼마나 낙심하시겠는가.

세자는 답답한 마음을 누르며 책을 폈다. 글자가 눈에 들어오지 않았다. 왼쪽 옆구리에서 시작된 찌르르한 통증이 배를 돌아다녔다. 놀라 가만가만 손으로 누르면 통증은 숨바꼭질하듯 사라졌다. 예전에 가끔 있던 통증이었는데 이삼일 전부터 다시 시작되었다. 아침에는 타락죽[■]을 조금 떠먹고 밥상을 물렸다. 입안 살이 다 헤져서 음식이 닿으면 쓰라렸다.

돌아온단 기쁨만 앞세워, 한겨울 여정을 너무 재촉하였다고 세자빈이 나무라듯 말했다. 심양으로 가던 때를 생각하면 새의 등에라도 올라타서 고향으로 돌아오고 싶은 심정이었다.

병자년, 남한산성에서의 하루는 십 년과도 같은 참혹한 시

■ **타락죽** 죽의 하나. 물에 불린 쌀을 맷돌에 갈아서 절반쯤 끓이다가 우유를 섞어서 쑨다.

간들이었다. 청과 화친을 하여 이 고비를 넘기자는 중신들과 어찌 명에 대한 의리를 저버릴 수 있느냐며 끝까지 싸워 예를 지키자는 중신들 앞에서 아버지는 점점 무너져 갔다. 결국 아버지는 무너진 성벽을 뒤로하고, 청의 포와 칼에 쓰러진 백성들 피를 밟으며 청 태종 앞에 무릎을 꿇었다. 백성들이 땅을 치며 울었고 중신들이 고개를 돌렸다. 아버지는 무릎을 꿇어 세 번 절하고 아홉 번 땅에 이마를 찧으며 청 태종 앞으로 나아갔다. 세자는 이를 악물었다. 치욕을 견디는 아버지 등을 보는 자신의 눈을 차라리 도려내고 싶었다. 하지만 세자는 아버지 결정이 맞다고 생각했다. 무릇 한 나라의 임금이라면 후일을 도모해야 하는 법. 이 땅과 백성들을 청의 손에 넘길 수는 없는 것이다.

청은 조선과 군신 관계를 원했다. 그 볼모로 세자와 봉림을 데려가겠다고 했다. 아버지는 세자만큼은 남겨 달라 애원했다. 아직 나이 어리고 몸이 약하니 어여삐 여겨 남겨 달라 빌었다.

청은 완강하게 거부했다.

"정묘년에도 너희를 믿었다. 그런데 너희는 명에 대한 사대 때문에 우리 청을 업신여겼다. 다시는 속지 않으리라."

정묘년에 청으로 국호를 바꾸기 전, 금이 쳐들어왔을 때도 중신들은 세자로 하여금 분조[*]를 이끌고 전주로 내려가게 해야 한다고 청했다. 그때도 아버지는 세자 나이 아직 어리다며 분조를 반대했다. 하지만 후일을 도모해야 한다는 중신들 의견으로 세자는 분조를 이끌었다. 이제 세자를 볼모로 잡아가야 조선이 딴생각을 못 할 것이라 여기는 청을 막을 도리가 없었다. 세자는 기꺼이 그들의 인질이 되겠다고 했다. 또다시 청을 향해 머리를 조아리는 아버지를 볼 수 없었다. 이것만이 나라 걱정과 아들 걱정에 시름 하는 아버지에게 자신이 할 수 있는 최선의 효도라 생각했다.

고양 땅까지 배웅 나온 아버지에게 하직 인사를 드리며, 세자는 반드시 돌아와 아버지에게 힘이 되리라 다짐했다. 다시는 조선을 넘보지 못하게 청의 눈앞에서 애쓰고 힘써 배우리라 다짐했다.

그렇게 인질이 되어 심양으로 갔었다. 심양에서의 팔 년여의 생활은 돌아보는 것 자체가 힘들다. 역관을 대동하고 드나드는 청나라 관리와 장수 들은 늘 무언가를 요구했다. 왜 요구한 것들이 해결이 안 되는지를 따져 물었다. 세자는 그들을 다독이는 말을 하다가 강하게 밀어붙이는 말도 했다가, 물러

──────────────

[*] 분조 조정을 나누는 것.

서는 말도 했다가…… 가끔은 역관들이 제대로 전하기나 하는지 의심하기도 하며 하루하루를 보냈다. 청을 도와 전쟁에 나가길 수차례. 마음 편히 자고 마음 편히 먹은 날이 하루라도 있었던가.

조선관 안에서도 세자를 지켜보는 눈빛들 때문에 한시도 마음 편할 날이 없었다. 일거수일투족이 장계■에 실려 아버지께로 보내졌다.

"크게 성내지도 말고 그렇다고 가벼이 보이지도 말라."

아버지 당부였다. 세자는 아버지 당부를 지키며 한 나라의 세자로 잘하고 있다는 장계가 아버지에게 보내지기를 바랐다.

제일 큰 문제는 조선에서 끌려온 피로인■들이었다. 청나라 장수들은 전리품으로 수십만의 조선인을 끌고 압록강을 건넜다. 중간에 도망친 사람도 많았고 죽은 사람도 많았다. 어른 아이 할 것 없이, 남자 여자 할 것 없이 무조건 끌고 갔다. 피로인들은 청군의 노예로 들어가기도 하고 노예 시장에서 팔리기도 했다.

■ 장계 왕명을 받고 지방에 나가 있는 신하가 중요한 일을 왕에게 보고하던 문서.
■ 피로인 적에게 사로잡힌 사람.

피로인들을 다시 데려가려고 조선에 있는 가족들이 심양으로 왔다. 돈 있는 사람들은 어떡해서든 가족을 데려가려고 몸값을 올려 주었다. 그 값은 그대로 다른 피로인의 몸값이 되었다. 돈이 없어서 눈앞에 자식을 두고도 못 데려가 피 토하는 울음소리가 세자의 귀를 파고들었다. 저들은 왜 자신들 나라가 아닌 남의 나라에서 울고 있는가. 밤새 끙끙 앓으며 눈멀고 귀먹기를 바랐지만 멀쩡한 아침은 늘 다시 오고야 말았다. 매일 모래알 같은 밥알을 씹었고, 오장육부에서 끓어오르는 감정들을 누른 채, 청나라 장수들과 입씨름을 해야 했다.

정묘년에 끌려온 포로들도 아직 청에 있었다. 그런데 십 년 후 병자년에 침략을 당하고 수십만의 조선인이 또 심양으로 끌려온 것이다. 정묘년과 병자년 사이 십 년 동안, 조선 왕실은 무엇을 하였단 말인가. 대신들은 무엇을 하였단 말인가. 나는 무엇을 하였단 말인가. 세자의 자괴감은 몸속 곳곳에 파고들었다.

심양 거리를 다니면 빈정거리는 말이 들렸다.

"세자라고?"

"어느 나라?"

"어디긴 어디야, 우리 조선이지?"

"흥, 우리한테 나라가 어딨어? 정묘년에 끌려온 사람들도 구해 줄 생각 안 하더니, 또 끌려온 사람들 보라고."

"청 태종 앞에 임금이 무릎을 꿇었다며? 그러곤 저만 살았 겠지."

"조선이 없어진다 해도 하나도 아쉬울 것 없네. 나는 그냥 청나라 어느 장군의 노예일 뿐이라고. 육시럴……"

심양에서의 일이 어제 일처럼 아프게 지나갔다.

"아!"

세자는 손가락으로 오른쪽 이마를 눌렀다. 찌릿한 통증이 몰려왔다가 사라지는 게 반복되었다. 익선관▪을 벗었다. 일어 나서 용포도 벗었다. 시원했다. 수복이 준비한 두루마기와 갓 이 병풍 뒤에 있었다.

"좀 쉬고 싶다. 점심은 들이지 말고 물러가 있거라."

왜 죽만 몇 숟가락 떠먹고 상을 물렸는지, 왜 점심은 들이 지 말라는지, 왜 이 시간에 쉬고 싶다고 하는지 내관과 상궁 은 묻지 않았다. 세자가 없는 동안 궐에 들어온 사람들이다. 심양에서부터 같이 지내던 내관과 상궁 들을 쓰려 했으나, 아 버지께서 너무 오래 조선을 떠나 있었던 사람들을 쓸 수 없다

▪ 익선관 왕과 왕세자가 곤룡포를 입고 집무할 때에 쓰던 관.

하셨다. "궐의 법도가 많이 바뀌었고, 청의 문물을 얘기하면 여기에 있던 내관이나 상궁들 마음이 어떻겠는가."라며 고향으로 보내라 하셨다. 걱정이라도, 내려보내시는 아버지 뜻이 고마웠다. 눈물을 머금고 힘든 생활을 함께한 그들을 고향으로 보냈다.

병풍 뒤에 있는 두루마기를 꺼내다가 그 옆에 있는 보따리를 보았다.

"꼭 할 일이 있는데……."

보따리를 만지며 세자가 중얼거렸다.

집춘문[▪]을 나오니 수복이 다가왔다. 별감[▪]으로 가까이 두려 했지만, 또 아버지의 걱정이 내려왔다. 할 수 없이 수복은 궐 주위를 빙빙 돌고 있었다.

"일개 선비가 입는 두루마기로 준비하라 했거늘."

연둣빛 비단으로 만든 두루마기를 가리키며 세자가 수복을 타박했다. 수복은 무슨 말인지 모르겠다는 듯 고개를 갸웃하며 세자의 몇 걸음 뒤로 물러났다.

함춘원[▪]이 환했다. 잎이 돋아나기도 전에 눈 녹은 물을 빨

▪ **집춘문** 창경궁의 북문.
▪ **별감** 조선 시대에, 세자가 행차할 때 호위하는 일을 맡아보던 하인.

아울려 참꽃이 피고 있었다. 얼마나 함춘원의 봄을 그리워했던가. 날이 점점 따스해지면 서로 시샘하며 꽃을 피우는 함춘원에서 드디어 봄을 보내게 되었다. 여름이면 인왕산 계곡 차가운 물에 발도 담글 것이다. 가을이면 혜화문▪을 나가 가을걷이하는 백성들 모습을 하루 종일 보아야겠다. 겨울이면⋯⋯.

세자 얼굴이 점점 굳어졌다. 겨울은 다시 맞고 싶지 않았다. 병자년 이후로 해마다 겨울은 춥고 아프고 치욕스러웠다. 세자는 세차게 고개를 젓고 숨을 크게 내쉬었다.

"백낭이는 어디 있느냐?"

세자 물음에 수복이 대답했다.

"운종가에 있을 겁니다."

"마을은 돌아보지 않고?"

"몇 군데 다녀 보긴 했지만 다 산이 있고, 밭이 있고, 개울이 있으니 어디가 어딘지 모르겠다고 했습니다."

수복이 세자 곁으로 조금 더 다가왔다.

"저, 백낭이를 궐에 불러서 머리에 침이라도 맞아 보게 하면

▪ **함춘원** 창경궁 동쪽에 있는 동산.
▪ **혜화문** 서울 동소문의 정식 이름.

어떨지……. 내의원들은 영험하시니까. 아, 안 되겠지요?"

세자는 선뜻 답을 하지 못했다. 수복의 마음을 잘 알지만 머리에 침을 맞는다고 나아질지 확신할 수 없었다.

"내의원에 물어보마."

세자는 수복의 걱정을 조금이라도 덜어 줄 요량으로 답했다. 수복이 허리를 숙였다가 뒤로 물러났다.

세자는 운종가 대로에서 한참을 서 있었다. 길 양쪽에 늘어선 시전들과 상인들, 물건을 사기도 하고 바꾸기도 하는 사람들 말소리를 듣고 있자니 눈시울이 붉어졌다.

행랑 앞에 펼쳐 놓은 곡식들을 보면서, 이 곡식들이 경작되어 운종가까지 올 동안의 여정이 그려졌다. 세자도 청에서 농사에 관여했기에 백성들의 부르튼 손을 짐작하고도 남았다.

난전™에서 싸움이 났는지 고함 소리가 났다. 아기를 업은 아낙이 흩어진 물건들을 소쿠리에 정신없이 담고 있었다. 긴 몽둥이를 어깨에 걸친 사내가 아낙을 훑어보며 뇌까렸다.

"아기만 없었어도 내가 데려갈까 했는데 말이야. 쩝. 아쉽군."

■ 난전 조선 시대에, 나라에서 허가한 시전 상인 이외의 상인이 하던 불법적인 가게.

"근데, 또 여기다 난전을 펼치면 그땐! 흐흐흐, 무슨 말인지 알겠지?"

이 사내는 분명 육의전[■] 하수인일 것이다. 세자가 성큼성큼 다가가다 멈췄다. 끼어들어 이놈을 패 주고 싶지만, 그건 해결책이 아니었다. 양반들 돈줄이 흐르고 있는 육의전의 횡포는 여전했다. 저들끼리 잘 먹고 잘살겠다고 상권 흐름을 막고 있으니. 세자는 모든 백성이 자유로이 물건을 사고파는 모습을 상상하며 행랑 하나하나를 살폈다.

"저어, 선비님."

웬 사내 녀석이 다가와 세자를 올려다보며 싱긋 웃었다. 얼핏 본 녀석의 눈빛이 맑다. 여리꾼인 듯하다. 운종가에 처음 온 줄 아나 보다. 처음은 아니지만, 처음인 듯 세자는 아주 오래 운종가를 걸었다.

[■] **육의전** 조선 시대에, 한양의 여섯 시전. 선전, 면포전, 면주전, 지전, 저포전, 내외어물전을 이른다.

4. 환향녀의 굴레

"정태 아니야?"

아침에 힘이 하나도 없어 보이던 정태가 개천 쪽으로 바삐 걸어가고 있었다. 진영은 무슨 일인가 싶어 쫓아갔다. 수표교 가까이 다다랐을 때 정태가 걸음을 늦췄다. 몇 걸음 앞에 금이가 무거운 양동이를 들고 낑낑대며 가고 있었다. 금이는 생선 찌꺼기를 개천에 사는 거지들에게 주러 가는 길일 것이다. 양동이가 무거운지 금이는 이쪽 손에서 저쪽 손으로 옮겨 잡기를 여러 번 했다. 그러는 사이 양동이 밖으로 생선 내장이 튀고 비린내가 퍼졌다.

그때, 정태가 무심코 금이 옆을 지나치는 듯하더니 양동이를 낚아챘다. 금이가 놀라 서 있다가 정태에게 양동이를 달라고 했다. 정태는 금이를 슬쩍 보면서 주위를 살폈다. 그러고는 개천으로 먼저 내려갔다.

"쳇, 이제 내 도움 따윈 필요 없다, 이거지?"

진영이 중얼거리며 정태와 금이를 보았다. 그림만 그리던 정태가 아버지 성화에 못 이겨 가끔 상미전으로 나올 때가 있었다. 작년 가을, 일하기 싫어 운종가를 돌아다니던 정태가 급하게 진영을 찾았다. 정태는 말까지 더듬으며 손가락을 흔들며 어딘가를 가리켰다.

"저, 저기……."

"빨리 말해. 나 바빠."

"저기, 생선전에 아주 어여쁜 낭자가 있던데."

"낭자? 아, 금이?"

"금이? 이름도 예쁘구나. 어? 진영 너 혹시 그 낭자랑……."

"무슨 소리야? 생선전 심부름하면서 잘 알게 된 거야."

"그렇지? 아무렴, 그렇게 고운 낭자가 너같이 삐쩍 마르고 샌님같이 생긴 놈을……."

이죽거리는 정태를 보며 진영은 고개를 저었다. 일하기 싫어 운종가를 돌아다니다가 예쁜 낭자를 보고 호들갑이나 떠는 꼴이라니. 그런데 정태는 그냥 호들갑이 아니었다. 그때부터 상미전에 나와서 일을 도와주는 척하다가, 생선전을 기웃거리기 일쑤였다.

"진영."

나이가 같은데도 동생 취급하던 정태가 진영, 하고 불렀다. 큰 부탁이 있다는 뜻이다. 진영은 무슨 부탁인지 감이 딱 왔다.

"정태."

진영도 목소리를 깔았다.

"난 말야, 상미전에서 오래 일해야 해. 이 운종가에서 신임을 얻고 나를 후계자로 써 줄 주인을 찾아야 한다고. 그게 너희 아버지면 더 좋고. 내 말 무슨 뜻인지 알겠지?"

진영의 곧은 태도에 잠시 당황하던 정태가 히죽 웃었다.

"진영, 뭔가 착각하나 본데 이 상미전 후계자는 나인 걸 아직 모르나? 지금은 이래도 내 입김이 크게 작용할 날이 올 걸세. 이제 그림만 그리던 내가 아니라고. 내 인생 계획을 부모님 입맛에 조금씩 맞추고 있단 말이지. 그 이유는?"

정태의 눈이 생선전이 있는 쪽을 향했다. 정태는 분명 바뀌고 있었다.

"휴, 내가 뭘 도와주면 되나?"

마치 양반들이 거사를 꾸미듯 정태는 목소리를 낮췄다.

"소풍이 어떤가?"

진영이 금이를 데리고 나와 어디에선가 잠시 쉴 때 정태는 멀리서 금이 얼굴을 그리겠다고 했다. 그림을 다 그리고 나면 정태가 나타나서 누구인지 모르고 예뻐서 그렸는데 진영과 아는 사이냐며 자연스럽게 인사를 하겠다는 것이다. 하나도 자연스럽지 않은 상황을 어떻게 자연스럽게 할지, 더구나 어디쯤에서 만나야 할지 고민에 고민을 거듭했다. 일단 사대문 밖이어야 하고 해가 지기 전에 돌아올 수 있는 곳이어야 했다. 진영이 아는 곳이 많지 않기에 언젠가 심부름 간 적이 있는 모래내로 정했다.

하지만 그 자연스러운 일은 결국 일어나지 못했다. 모래내라는 말에 금이는 고개를 저었다.

진영은 금이가 물을 무서워해서 그런 것 같다고 정태에게 둘러댔다. 상미전 주인에게 혼날 것만 같아서 오히려 다행이라 생각하고 말았다. 며칠 후 정태는 둘둘 말린 종이 한 장을 진영에게 내밀었다. 펼쳐 보니, 머리카락이 몇 가닥 흩어진 채 어딘가를 멍하니 보고 있는 여자 얼굴이 그려져 있었다.

금이랑 닮았고 정말 예뻤다. 금이는 그림을 보며 얼굴을 붉혔다. 정태에 대해 알고도 있었다. 매일 생선전을 기웃거리는데 모를 리가 없었다.

"어쩔 거야?"

진영의 물음에 금이는 얼굴을 붉히다가 고개를 숙였다.

정태와 금이는 그때 이후로 서로 마음을 주고받았나 보다. 진영이 그때 생각을 하며 피식 웃었다.

진영이 개천에서 고개를 돌리다 멈칫했다. 상미전 안주인, 정태 어머니가 보였다. 무언가를 급히 찾는 듯 허둥지둥 개천 주위를 살폈다. 개천에는 정태와 금이가 서로를 보며 웃고 있었다. 정태 어머니가 땅바닥에 주저앉았다.

진영은 고개를 갸웃거리며 생선전 골목으로 갔다. 금이 아버지가 생선을 토막 내며 손님들과 이야기를 하고 있었다. 상미전으로 달려가 보았다. 조용했다. 그런데도 진영은 가슴이 두근거렸고, 꼼짝도 못 하고 길가에 서 있었다.

"설마 설마 했더니!"

아니나 다를까, 악을 쓰는 목소리가 생선전 골목으로 날아들었다. 이어 정태 어머니가 금이 머리채를 잡고 씩씩거리며 오고 있었다. 금이는 저고리 고름을 두 손으로 붙잡고 힘없이 끌려왔다. 정태 어머니는 생선전 앞에 금이를 우악스럽게 패대기쳤다. 금이 아버지와 어머니가 뛰쳐나왔다.

"니까짓 게 감히 우리 아들을 넘봐!"

정태 어머니는 고래고래 고함을 질렀다. 사람들이 모여들었다. 저잣거리에서 싸움 구경은 흔한 일이었고 사람들은 은근히 그런 구경거리를 기다렸다. 사람들이 모여들자 정태 어머니는 바닥에 쓰러져 흐느끼는 금이의 머리채를 다시 잡고 흔들었다.

"니가, 니 주제에 꼬리를 살살 치면서…… 어!"

"제발 좀 놔줘요. 우리 애만 잘못인가요. 정태가 우리 금이 좋다고 맨날 천 날 쫓아다닌다니까요."

금이 어머니가 정태 어머니 손을 당기며 애원했다. 금이 집에서도 알고 있었나 보다.

"뭐야! 어디서 남의 아들을 욕보이는 거야. 이년이, 이 화냥년이 꼬리 친 걸 내가 모를 줄 알아! 아주 지 얼굴 그려 달라고 샐샐샐 웃으며 서 있드만!"

정태 어머니가 찢어지는 목소리로 악을 쓰자 사람들이 웅성거리기 시작했다. 사람들은 정태 어머니 말에 뭐라고, 뭐라고 말을 이어 갔다. 진영은 순간 머리가 멍해졌다. 뭐라고 뭐라고 웅성거리는 사람들 말을 뚫고 진영에게 달려드는 한마디.

"저 화냥년이!"

어디선가 들어 본 말이다. 진영은 미간을 찌푸리며 기억 속 어느 순간을 떠올려 보려 했다.

"화냥년이라면, 그 병자년 난리 때?"

"그래, 그때 오랑캐들한테 끌려가서는……. 에구, 몸서리야."

주위에 있던 아낙들이 말을 주고받으며 어깨를 부르르 떨었다. 칠목기전에 함께 갔던 노인이 말한 병자년 전쟁. 그 전쟁 때 금이가 청나라로 끌려갔었다니, 진영도 몸서리가 쳐졌다. 가끔 힘없이 멍하니 앉아 있던 금이를 볼 때 왜 그럴까 생각했었는데, 동무를 하기로 했으면서도 진영에게 한마디도 꺼낸 적이 없었다. 얼마나 힘들었을까. 당장 정태 어머니를 말려야 하는데 진영의 머릿속은 다른 생각으로 빠져들었다. 청나라로 끌려갔다 돌아온 여자들을 쑥덕거릴 때 화냥년이란 말을 쓴다는 건 알고 있었다. 하지만 요즘은 그 말을 잘 쓰지 않았다. 전쟁이 끝난 지도 오래됐고, 좋은 일도 아니기에 사람들 입에 잘 오르내리는 말이 아니었다. 정태 어머니 악다구니 속에서 진영은 어린 시절 어느 날로 되돌아가는 것 같았다.

'어디 화냥년 주제에!'

저잣거리에서 어떤 아낙이 어머니 쪽을 보며 악다구니를 썼었다. 진영이 놀라 어머니를 봤다. 어머니는 얼굴이 벌게져서 진영의 귀를 틀어막았다. 그 말이 무슨 말인지 물어볼 겨를도 없었다. 어머니는 짐을 챙겨, 진영의 손을 잡고 날도 밝기 전에 그 고장을 떠났다.

"내 딸이 뭐를 그렇게 잘못했어. 어! 내 딸이 오랑캐에게 끌려가고 싶어서 끌려갔냐고오!"

금이 아버지는 금이를 끌어안고 울먹였다. 그러다가 생선전으로 달려 들어가서 칼을 들고 나와 소리쳤다.

"내 딸 욕하는 것들 다 죽여 버리고 나도 죽을 겨. 정태 놈부터 죽여 버릴 겨!"

금이 아버지가 사람들을 향해 칼을 휘둘렀다. 정태 어머니와 사람들이 놀라서 소리를 지르며 흩어졌다.

진영은 멍하니 서서 조각난 기억들을 얼기설기 맞춰 보았다. 병자년이면 진영이 여섯 살이었다. 진영은 아기 때부터 어머니와 떨어져 지낸 적이 없었다. 다른 식구는 없었지만, 진영 곁에는 늘 어머니가 있었다. 어머니가 전쟁 때 청나라로 끌려갔을 리가 없었다. 아마도 그때 아낙은 다른 사람을 향해서 악다구니를 썼는지도 몰랐다.

환향녀의 굴레에서 어머니를 구해 낸 듯 진영은 크게 숨을 내쉬었다. 그새 생선전은 텅 비어 있었다. 쓸데없는 생각을 하느라 금이를 달래 줄 생각도 못 했다. 혹시나 싶어 행랑 골목을 살폈지만 정태는 보이지 않았다.

"나쁜 놈."

방 안 가득 금이를 그린 종이가 널려 있었을 것이다. 아침에 그렇게 안절부절못한 게 어머니에게 그림들을 들켰기 때문인 것 같았다. 그렇다면 금이를 만나러 오지나 말든지.

같은 시전이라도 상미전 주인은 자신의 시전이었고 생선전

은 주인이 따로 있다고 했다. 그래서 정태 부모가 금이를 마뜩
잖아할까 염려했는데, 그건 아무것도 아니었다. 한참을 서성
거리다 진영은 도성을 나갔다.

5. 정 진사

"안 주무세요?"

이불 펴고 잘 준비를 다 했는데, 어머니는 방바닥에 옷감을 펼치고 있었다.

"먼저 자그라. 옷감을 끊어 왔는데, 치마 본이라도 뜨고 잘 테니까."

"누구 옷인데요?"

무심코 물었다. 어머니는 가끔 삯바느질도 하고 있었다.

"누구기는? 와, 옷감 색깔이 마음에 안 차나? 혼례 때는 더 고운 천으로 해 줄꾸마."

맞다. 어머니랑 담판을 짓기로 해 놓고 잊고 있었다. 진영은 무릎을 꿇고 앉았다. 어머니가 옷감에서 손을 떼고 진영을 보았다.

"어머니, 저는 혼인 안 합니다."

"씰데없는 소리 한다. 가실에는 혼사를 치를 테니까, 마음먹고 있그라."

"싫어요!"

진영이 소리를 빽 지르고 이불 속으로 들어가 버렸다.

"와, 어미젖을 더 묵어야겠나. 인자 좀 떨어져 살아 보자. 맨날 천 날 어미하고 둘이 사는 기 지겹지도 않나. 화천댁이 듬직한 신랑감 구해 준다 했다. 이 봄에 어짜든동 연을 맺어서, 그래야……."

진영은 중얼거리는 어머니 말이 듣기 싫어서 이불을 끌어당겨 귀를 꽉 막았다.

진영의 기억 속에 있는 가장 오래된 장소는 저잣거리였다. 뜨거운 김이 확확 올라오는 가마솥, 그 옆에는 항상 어머니가 있었다. 뜨거운 국밥을 끓이고 푸는 게 어머니 일이었다. 진영은 저잣거리에서 놀다가, 국밥집 옆에서 졸다가 어머니 등에 업혀 집으로 오곤 했다. 그보다 조금 더 커서는 심부름을 다녔다. 이 집 저 집으로 저자에 있는 물건들을 가져다주고 삯을 받았다. 산에 가서 나무를 해다 판 게 진영이 처음으로 스스로 모든 걸 다 해서 삯을 받은 거였다.

어릴 때부터 어머니는 늘 진영에게 사내아이 옷을 입혔다. 진영은 편해서 그랬는지 사내아이 옷만 입힌다고 불평을 해본 적도 없었다. 사내아이 옷을 입어도 진영이 여자아이인 걸 간혹 아는 사람도 있었지만, 고향인 진영을 떠나면서부터는 완전히 남자아이로 살았다. 저자에서 여자아이가 심부름한다는 소문이 났다면 벌써 쫓겨났을 것이다. 장사하는 사람들은 대부분 남자였고, 물건을 사러 오는 사람들도 남자였다. 어쩌다 여자가 아침 일찍 가게 문을 두드리면 재수가 없다며 소금을 뿌리거나, 땅에 침을 뱉었다. 금이도 점심때가 지나서야 주로 생선전 안쪽에서 심부름을 했다. 그러다 어머니가 아프면서 생선 토막 치는 일을 하고 있었다.

저자에서 자란 진영이 저자에서 성공하고 싶은 건 당연한 일이었다. 어머니가 아프면서 그 꿈을 빨리 이루고 싶었다. 운종가에서 일하면서부터는 그 꿈이 선명하게 보였다.

그런데 어머니가 갑자기 혼사 얘기를 하며 진영에게 치마저고리를 입히려 하고 있었다. 딸자식을 가진 어머니 마음을 모르는 건 아니지만, 진영은 시집가는 것보다 운종가에서 시전 주인이 되고 싶은 마음이 더 간절했다. 만약 자신이 시집을 가 버리면 어머니는 누가 돌볼 것인가, 진영은 생각도 하기 싫었다.

다음 날 아침, 진영은 일부러 퉁퉁거리며 저만치 앞서서 걸었다. 어머니는 아침이면 기침을 더 했다. 진영은 기침 소리가 들려도 못 들은 척했다.

며칠 동안 문을 열지 않았던 상미전이 문을 열었다. 행랑 앞에 쌀가마 실린 달구지가 서 있었다. 정태는 보이지 않았다. 진영은 쭈뼛거리며 행랑 안을 기웃거렸다.

"이눔아. 쥐새끼마냥 뭘 기웃거려? 그건, 북촌 정 진사 댁이다."

정태 때문에 속이 상하겠지만 왜 엄한 자신에게 분풀이를 하는지, 확 다른 시전으로 가 버리고 싶었다.

"북촌 정 진사 댁이라면……."

정씨 성을 가진 양반들을 떠올려 보았다.

"함경도에서 어제 오신 댁이다. 전에 유대감 집 말이야!"

"아, 네."

얼마 전부터 하인들이 청소를 하던 그 집이었다.

"벼슬하러 오신 댁이라니, 심기 건드리지 말고 조심해야 해! 참, 또 어디 돌아다니지 말고 빨리 와. 잔치 때문에 바쁘니까."

분명 아들을 심부름 보낼 곳인데 한낱 품팔이 지게꾼을 보내려니 두꺼비 주인 속이 타겠지. 그나저나 정태는 어떻게 되었을까. 금이도 며칠째 보이지 않았다. 진영은 주인에게 물어

보고 싶어 눈치를 보다가 그만두었다.

정 진사 댁 하인들은 대문 활짝 열고 청소를 하고 있었다. 담장 바깥을 둘러 가며 비질하는 소리가 사각사각 듣기 좋았다. 대문 앞에 달구지를 세웠다. 늙수그레한 하인이 마뜩잖은 표정으로 진영을 보았다.

"어느 댁으로 갈 건데, 여기 세우느냐?"

"어느 댁이라뇨? 함경도에서 벼슬하러 오신 정 진사 님 댁이지요."

진영이 한껏 크고 밝게 소리를 높였다.

"예끼, 어디서 아침 댓바람부터 우리 상전을 들먹여? 광에 가득한 게 쌀이다. 이놈아."

"아니……."

진영은 속이 상했다. 아무리 지게꾼이지만 물건을 가져온 사람에게 이렇게 막 대해도 되는지 묻고 싶었다.

"순길 아범, 무슨 일인가?"

근엄하게 마당을 울리는 목소리에 순길 아범이란 자가 놀라서 뛰어 들어갔다. 진영도 따라 들어갔다.

"마님, 이놈이 소란을 피워서 벌써 기침을 하셨지요? 제가 혼구녕을……."

하인이 말을 끝내기 전에 진영이 소리 높여 인사했다.

"진사 나리, 평안히 주무셨습니까?"

진영은 허리를 숙이면서 누마루에 서 있는 정 진사 모습을 훑어보았다. 조반도 들기 전일 텐데 정 진사는 벌써 소세를 마친 듯 얼굴이 맑았고, 품이 넓고 부드럽게 흘러내리는 옥색 창의[■]를 입고 있었다. 사랑채 누마루가 환했다.

순길 아범이 진영의 허리를 쿡 찔렀다.

"예끼 이놈아, 대감마님이라고 불러야지. 이제 곧 한성부 판윤[■] 대감이 되실 분이다!"

순길 아범이 진영에게 화를 내는 사이에, 정 진사는 가지런히 뻗은 수염을 만지며 헛기침을 했다.

"아, 예. 대감마님, 아침 일찍 소란을 피워서 죄송합니다. 하지만, 제가 집을 잘못 찾은 건 아닙니다요. 기름기 좔좔 흐르는 귀한 쌀을 선물로 보내신 분이 있습니다."

"말이 많구나. 누가 보낸 것이냐."

대감은 선물 따위는 귀찮다는 듯 담장 너머 먼 데를 보았다. 진영은 몸을 사랑채[■]로 더 기울여 두꺼비 주인이 목소리를 낮

■ 창의 벼슬아치가 평상시에 입던 웃옷.
■ 판윤 조선 시대에 둔, 한성부의 으뜸 벼슬.
■ 사랑채 집의 안채와 떨어져 있는, 바깥주인이 거처하며 손님을 접대하는 곳.

취 했던 말을 그대로 전했다.

"소용마마께서 보내셨답니다."

"그러냐!"

대감이 누마루를 내려와서 허겁지겁 신발을 신었다.

"어서 들여오너라."

상전 말이 끝나기가 무섭게 대문 밖에 있던 하인들이 쌀가마를 어깨에 메고 들어왔다. 대감은 중문▪을 열며 조심스러운 손길로 안쪽을 가리켰다.

"조심조심……."

쌀가마가 중문을 건너자, 대감이 달려가 직접 광문을 열었다. 하인들은 내려놓는 쌀가마에 상처라도 생길까 봐 숨도 제대로 못 쉬는 것 같았다. 진영이 따라가 대감과 하인들 사이로 광 안을 보았다. 순길 아범 말대로 광 안에는 쌀가마가 천장까지 쌓여 있고, 한쪽 옆에는 커다란 독이 몇 개나 있었다. 진영은 어제 저녁밥 지을 때, 독 바닥을 긁으며 쌀을 펐던 생각이 났다. 한 그릇도 안 되는 쌀을 불려 죽을 만들었고, 아침까지 어머니와 나눠 먹었다. 양반이 아니라면 다른 집도 다 비슷할 것이다.

▪ 중문 대문 안에 또 세운 문.

"오늘부터 아침밥은 이 쌀로 지으라고 하게. 사당에도 매일 올리고."

쌀가마를 쓰다듬는 대감의 두 손이 바르르 떨렸다. 밥이라는 말에 진영의 배에서 꾸르륵 소리가 났다. 순길 아범이 뜨악하게 보며 밖으로 나가라는 눈짓을 주었다. 진영은 배에 두 손을 올려 누르며 대감의 등을 향해 말했다. 양반과 얼굴을 틀수 있는 좋은 기회인데 이대로 갈 수 없었다.

"대감마님, 이렇게 좋은 쌀을 또 드시고 싶으시면 운종가 혜정교 옆, 상미전으로 기별을 주시면 곧바로 가져다드리겠습니다. 저는 상미전에서 일하는 진영이라 하옵니다."

"그래, 그래."

대감은 고개를 크게 끄덕이며 너그러운 웃음을 보였다.

"그런데 혼자 왔느냐?"

대감이 대문 밖을 내다보며 물었다. 진영이 고개를 숙였다.

"열심히 사는구나. 열심히 사는 게 최고지. 내 너를 기억해 두마."

진영은 대감의 갑작스러운 호의에 몸 둘 바를 몰랐다. 그러면서도 속으로는 소리를 질렀다. 한성부 판윤 대감이 기억을 해 준다면 운종가에서 자리 잡기가 수월해지는 건 당연한 일이었다.

"고맙습니다. 대감마님."

진영은 일부러 대감마님이란 소리를 더 크게 하며, 머리가 땅에 닿을 정도로 허리를 굽혀 절을 했다.

"허허, 녀석."

대감은 아주 기분이 좋은 것 같았다.

"그럼 저는 이만 가 보겠습니다. 며칠 뒤에 열릴 잔치 때문에 바쁘거든요."

진영은 자신이 아주 일을 잘해서 바쁜 사람처럼 보이고 싶었다.

"잔치?"

대감은 함경도에서 와서 아직 잘 모르는 것 같았다.

"네. 세자마마가 돌아오셨다고 임금님이 잔치를 여신답니다."

"잔치는 무슨……."

대감이 수염을 쓸며 말을 하다 말았다. 진영은 허리를 푹 숙여 다시 인사를 하고 대문을 나왔다.

진영은 북촌을 나오면서 가슴이 벅차올라, 잠시 소달구지를 멈춘 채 하늘을 보았다. 일을 열심히 해도 상미전 주인은 늘 못마땅해했다. 그런데 함경도에서 온 대감은 처음 보는 진영을 칭찬하며 기억하겠다고 했다. 운종가에서 일한 이후로 들는 제일 높은 분의 칭찬이었다. 벌써 시전 주인이라도 된 듯 진영은 어깨를 쫙 펴고 북촌을 나왔다.

허연 김이 풀풀 날리는 피마길 골목에서 진영은 숨을 크게 들이쉬었다. 정 대감 댁에서부터 배가 꿀렁거렸다. 빨리 밥을 달라는 신호였다. 진영은 국밥집 냄새 중에서 제일 좋아하는 냄새를 쫓아 걸음을 옮겼다. 배가 너무 고플 때면 국밥집에 들러서 국밥을 먹었다. 진영이 국밥 먹는 날이면 어머니가 점심을 굶는다는 걸 안 뒤로는 잘 가지 않았다. 하지만 오늘은 어머니에게 자랑할 일이 생겼다.

"왔나?"

진영의 눈치를 살피며 어머니가 물었다.

"네, 어머니. 소자 아침 일을 마치고 왔사옵니다. 배가 무척 고프옵니다."

진영이 툴툴거렸던 것도 다 잊은 듯 너스레를 떨었다. 어머니가 웃으며 국밥을 내왔다.

"어머니, 저는 아마도 전생에 양반이었나 봅니다. 양반 집에만 가면 그렇게 편할 수가 없어요."

진영은 양반이라면 그럴 것처럼, 국밥을 휘젓지 않고 국물을 한 숟가락 떠서 조심스럽게 맛보았다.

"뭔 소리고? 얼른 묵고 가서 일하거라."

어머니가 커다란 솥 안에 든 국을 휘휘 저었다. 진영은 또다시 국물을 조심스럽게 뜨다가 내려놓았다.

"역시 국밥은 휘휘 저어야 맛있지요."

진영은 국과 밥과 건더기를 폭폭 저어서 숟가락 가득 떴다. 김이 모락모락 나는 국밥에 침이 고였다. 뜨거운 기운을 불어내며 국밥 한 숟가락을 입안 가득 넣고 우물거렸다.

아침 햇살이 피마길 작은 골목으로 들어왔다. 오가는 사람들도 많아졌다. 국밥집 주인 화천댁이 올 시간이 되었다. 진영의 혼처를 알아봐 준다고 했으니, 진영을 본다면 뭐라고 할 게 뻔했다.

"어머니, 소자 가 보겠나이다."

진영은 또 양반 흉내를 냈다. 어머니가 어이없어하는 표정을 지었다. 진영은 갑자기 아침에 있었던 일이 생각났다. 그 일을 자랑하려고 왔는데 그냥 갈 뻔했다.

"참, 어머니. 전에 보았던 북촌에 그 양반집 있잖아요."

어머니가 천천히 허리를 폈다.

"오늘 그 댁에 심부름 갔다 왔는데요, 함경돈가 거기서 정진사 댁이 이사 오셨대요."

"함경도, 정 진사?"

되묻는 어머니 미간이 점점 좁혀졌다.

"아, 진사가 아니고 이제 곧 한성부 판윤 대감이 되신다네요. 그분이 저를 열심히 산다고 칭찬해 주시고 기억하겠다고 말했어요. 이제 운종가에서 자리를 잡는 건 시간문제랍니다."

진영은 일부러 고개를 쳐들었다. 시집가라는 말은 하지도 말라는 뜻이기도 했다.

"정, 진사라고……."

어머니가 낮게 중얼거렸다. 무슨 생각을 하는지 진영이 가는데도 눈을 맞추지 않았다.

6. 꿈결에 찾아간 집

"오늘 왜 이랴? 뜨거운 국물에 디고 싶은 겨?"

화천댁이 수령을 쿡 찔렀다. 수령이 화들짝 놀라 눈을 끔벅였다. 정신을 차려 보니, 커다란 국자에 국물이 담긴 줄도 모르고 국자를 솥단지 밖에서 휘젓고 있었다. 행주를 찾아 솥단지를 닦았다. 어느새 점심때가 지나서, 솥 안에 국물이 졸고 있었다. 어떻게 국밥을 퍼서 손님에게 내어주었는지 생각도 나지 않았다.

"저리 가! 왜 여기만 와? 다른 집에도 가라고!"

화천댁이 오매불망 솥단지만 바라보던 개똥이에게 소리쳤다. 다른 날 같으면 수령이 먼저 개똥이 바가지에 졸아 가는 국밥을 퍼 주었을 텐데, 수령은 개똥이를 보면서도 멍하니 있었다. 개똥이가 입을 실룩거리며 걸음을 옮겼다.

'함경도에서 온 정…… 진사가 그 집에, 하필 그 집에…….
한성부 판윤 대감이 되어서? 설마…….'

또 상념이 밀려들었다. 수령은 행주를 놓고 머릿수건을 고
쳐 썼다.

"잠시만 댕기올게요."

"어딜?"

수령은 화천댁 물음에 답도 못 하고 국밥집을 나섰다. 아닐
거라고 생각하면서도 왜 이리 마음이 불안한지 알 수 없었다.
직접 확인해야만 할 것 같았다. 절대 그럴 수 없는 일이었다.
역모 죄에 연루되어 함경도로 쫓겨난 집안이었다. 어떻게 다
시 한양으로, 그것도 당상관 *이 되어서 올 수 있단 말인가. 아
니다, 그분이라면 그럴 수 있을 것도 같았다.

수령은 머릿수건을 앞으로 쑥 당기고 목을 꺾어 땅만 내려
다보며 북촌으로 향했다.

멀찍이 서서 그 집을 살폈다. 대문은 닫혀 있고 집 주위에도
오가는 사람은 없었다. 수령은 좀 더 가까이 다가가 담장을
따라 걸으며 안을 살폈다. 꼭 정 진사가 아니라 부인이나 아들

■ 당상관 조선 시대에 둔, 정삼품 상계 이상에 해당하는 벼슬.

을 볼 수만 있어도 확인할 수 있었다. 마당엔 아무도 없었다. 잡초가 듬성듬성 나 있어 마음 아팠던 사랑채 마당은 깨끗하게 비질이 되어 있었다. 수령은 넋이 나간 채로 하염없이 마당을 보았다.

'아버지─ '

색동저고리에 다홍치마를 입은 어린 수령이 사랑채로 달려간다. 도투락댕기가 같이 뛴다.

"아이고, 우리 귀한 따님, 이리 오시게."

두 팔을 활짝 벌려 수령을 안는 아버지. 아버지는 수령을 안았다가 다시 어깨에 목말을 태웠다. 옆에 숙부가 서 있었는데도 아버지는 개의치 않았다. 수령과 아버지의 웃음소리가 집 안을 가득 채웠다.

"저기 보거라. 저 궁궐이 네가 들어가 살 곳이란다."

아버지는 담장 너머, 집과 나무 사이로 보이는 커다란 집을 가리켰다. 수령은 아버지 손길을 따라가며 '어디, 어디?' 하며 고개를 빼들었다.

"아, 저기? 아버지가 매일 가는 곳? 그럼 우리 식구 모두 가는 거야?"

"응? 그, 그럴 수 있지. 허허허."

아버지가 숙부를 바라보며 멋쩍게 웃어넘겼다.

이듬해, 역모 사건이 터지고 난 뒤 아버지 이름이 역모 가담자에 들어 있었다. 청천벽력이었다. 반정으로 왕이 된 임금은 역모라는 말이 들리기 무섭게 추국을 했다. 무고여도 그랬다. 털끝만큼의 딴생각도 못 하게 하려는 듯 일단 끌려온 사람들 피를 보아야만 했다.

"죄인은 어린 딸에게 궐에서 살게 해 주겠다고 늘 말했다는데 사실인가?"

의금부 추국장에서 아버지가 들은 말이었다. 아버지는 역모에 가담하지 않았다. 세자시강원▪의 보덕▪으로 세자에게 도의를 가르쳤던 분이다. 아버지는 단지 딸이 세자빈이 되어 가문의 이름을 높여 주길 바랐을 뿐이었다. 세자의 고운 심성이라면 딸을 행복하게 해 줄 것이라 믿은 것뿐이었다. 그런 분이 역모라니 절대 있을 수 없는 일이었다. 아버지는 추국을 받다가 몇 번이나 혼절했고, 어렴풋이 숙부를 보았노라고 말했다. 겨우 풀려난 아버지는 부끄러운 집안일이니, 밖으로 말이 나지 않게 항상 유념해 두라고 했다. 욕심이 많은 숙부였다. 할

▪ 세자시강원 조선 시대에, 왕세자의 교육을 맡아보던 관아.
▪ 보덕 세자시강원에 속해 경사(經史)와 도의(道義)를 가르치던 종삼품의 벼슬. 인조 때부터 정삼품으로 승격했다.

머니 돌아가시고, 할아버지가 다시 장가들어 낳은 아들이다.
숙부는 이 집을 좋아했다. 자신이 장자처럼 이 집을 물려받아
대를 잇고 싶어 했다는 걸 아버지도 잘 알고 있었다. 숙부는
몇 번의 과거 끝에 진사 시험에 합격했지만 더 이상 공부하지
않았다. 자신을 천거해 주지 않는 형을 원망하며 벼슬길 열어
줄 줄을 찾아 이곳저곳 쑤시고 다녔다.

　증좌 없는 고변이었지만, 세자와 궐을 운운한 죄는 작은 게
아니었다. 역심이 없을 수 없다는 게 판결이었다. 집안이 쑥대
밭이 되어 모두 한양을 떠나야 했다. 유배나 다름없었다. 역
적 집안의 형제로 같이 함경도로 떠나야 하는 건 숙부도 예상
못 한 일이었을 것이다. 벼슬 한자리 얻어 집을 차지하고 대를
이을 줄 알았겠지만, 그리 큰 줄을 잡은 건 아니었던 것 같다.
조정 대신들이 그리 호락호락한 사람들인가.

　"순길 아범!"
　수령이 흠칫 놀라 담장 밑으로 주저앉았다. 안채 마님인 듯
한 목소리가 순길 아범을 불렀다. 순길 아범이라면, 숙부의 노
비였다.
　"네, 마님."
　"바깥사랑채에 밥 올렸는가?"

"네, 올렸습니다요."

"거르지 말고 하루 세 번, 그리고 한밤중에도 꼭 올리게. 생때같은 자식들 두고 죽었으니, 분명 원혼이 있을 게야. 대감은 왜 그렇게 이 집을 고집하는지. 무서워서 살 수가 있나."

기억에 있는 숙모 목소리였다. 함경도에서 왔다는 정 진사는 작은아버지가 분명했다.

친정도 있는 한양을 떠나 함경도 골짜기로 가야 한다는 사실을 어머니는 받아들이지 못했다. 어머니는 바깥사랑채에서 목을 맸다. 수령의 나이 여덟 살이었다.

'어머니 마음에 셋이나 되는 자식들이 있었을까. 부끄러움과 막막함을 견뎌야 하는 자신만 불쌍했겠지.'

수령은 다시 머릿수건을 내려쓰고 일어섰다. 힘이 쭉 빠진 다리로 겨우 걸음을 옮겼다.

몇 대 조상부터 살아왔는지는 모르지만, 아버지는 조상 대대로 내려온 집이라고 했었다.

숙부는 이제 한성부 판윤이 된다고 했다. 어떻게 집안의 역모 죄를 없애고, 당상관이 되어 돌아올 수 있었을까. 얼마나 높은 줄을 잡았기에.

수령은 힘없이 걷다가 뒤돌아보았다.

가끔 꿈결에 찾아왔던 집이다. 지칠 대로 지친 몸은 세상살이를 버거워하고 있었다. 핏줄 하나 없었다면 여태 버틸 수도 없는 몸이었다. 얼마 남지 않은 생, 한스러운 일 만들지 말고 편히 지내라고 의원이 말했다. 그래서 고향을 찾았다. 멀리서 집이라도 보니 살 것 같았다. 고향 하늘 아래 있다는 게 명약을 먹은 것보다 좋았다. 이렇게 가끔 이 근처를 보다가 아버지에게로 가고 싶었다. 그런데 이제 마음 놓고 바라볼 수도 없는 집이 되어 버렸다. 눈물 때문에 집의 형체가 흐려졌다. 수령은 눈을 꾹 감아 눈물을 떨어뜨렸다.

'내가 지금 울고불고할 때가? 나야 죽으면 그만이지만…….'

수령은 그길로 최 집사가 드나들던 상단으로 갔다.

7. 보따리 도둑

진영은 운종가로 향하던 걸음을 멈췄다. 일찍 와서 심부름 하라던 건어물전 주인 말이 생각났지만 고개를 저었다. 오늘 은 운종가로 가지 않겠다고 다짐했다. 어쩌면 며칠이 될지도 몰랐다. 그렇다고 딱히 갈 곳도 없었다. 발길에 채는 돌멩이를 툭툭 차며 진영은 무작정 걸었다.

'마포나루로 가서 배 구경이나 실컷 할까.'

진영은 문득 생각난 마포나루로 가는 길을 찾아 주위를 돌 아보았다. 눈 뜨면 가던 곳이 도성이었다. 그 외에 진영이 제대 로 아는 길은 없었다. 방향으로 보면 마포나루는 서쪽으로 더 가야 했다. 서쪽으로 걸음을 옮기긴 했지만, 진영의 머리엔 어 머니가 어젯밤에 했던 말이 왕왕거리며 돌아다녔다. 어머니는 아침에도 또 그 말을 했다.

'도대체 어머니는 무슨 생각으로 그런 말씀을 하신 거지?'

아무리 어머니 마음을 헤아려 보려 해도 어떤 실마리도 떠오르지 않았다. 가을에 혼인을 하라며 재촉하던 어머니였다. 그런데 며칠 사이 어머니 말이 달라졌다. 어젯밤에는 뜬금없이 사신을 따라 청으로 가라는 것이 아닌가. 어머니 표정과 음성에서 부러 하는 말이 아니라는 걸 느꼈다.

'청에 가면 최 집사가 도와줄 게다.'

어머니 말이 바로 옆에서 들리는 것 같았다. 며칠 사이에 있었던 이런저런 일을 생각해 보았지만 어머니나 진영에게 특별한 일은 없었다.

"휴……."

진영은 고개를 젖히며 주위를 살폈다. 한참을 걸은 것 같은데 마포나루가 아니었다. 봄 햇살을 받은 나뭇잎들이 바람에 흔들렸다. 고개를 들어 보니 집에서 보는 것보다 삼각산이 더 뚜렷이 보였다. 서쪽이 아닌 북쪽 삼각산 아래까지 걸어온 모양이었다. 계곡을 따라 산으로 더 올라갈까 하다가 마을로 들어섰다. 들어서니 초가와 기와집이 드문드문 보였다.

기다란 장대에 깃발이 나부끼는 관아도 보였다. 도성 안에서는 못 보던 관아 건물이었다. 방문이 여러 개 늘어서 있는 걸로 보아 객사인 듯했다. 골목을 돌아가다가 진영은 그곳에서 나오는 사람들을 보고 깜짝 놀랐다. 앞머리를 훤하게 깎고, 뒤로 머리를 길게 땋아 묶은 청인들이 나왔다. 청인들을 처음 보는 것도 아닌데, 마치 그 사람들이 자신을 잡으러 오는 것만 같았다. 진영은 몸을 돌려 나오다가 커다란 나무를 타고 올라가 관아를 자세히 살펴보았다.

'뭐 하는 곳이기에 청인들이 저리 많지?'

아무런 관심도 없던 청인들이 자신의 인생에 끼어드는 것 같아 진영은 기분이 좋지 않았다. 이상한 기분을 떨쳐 버리려 하늘을 보았다. 가슴이 조금 트이는 것 같았다. 한양에 올라온 이후 처음으로 나무를 탔다.

"한양에선 땅만 밟고 다니나 했더니."

진영은 푸념하며 상주에서 살던 때를 떠올렸다. 매일 벗들과 산에서 해 온 나무를 장에 나가 팔고 해거름에 어머니와 함께 집으로 돌아왔다. 행복한 시절이었다. 한양에선 더 행복할 줄 알았다. 어머니 기침이 낫기만 한다면 걱정이 없어질 것이었다. 그런데 잘 굴러가던 바퀴가 날카로운 돌부리에 걸려 덜컹거리는 것 같았다.

진영은 머리를 흔들어 상념을 떨쳐 버리고 나무에서 내려왔다. 혼인해서 한양을 떠나는 일도, 청으로 가는 일도 진영에게는 절대 일어날 수 없는 일이다. 괜한 걱정으로 오늘 하루 운종가에서 일을 못 했다는 생각에 걸음을 빨리했다.

걷다 보니 계곡 물소리가 들렸다. 전에 심부름을 온 적이 있는 모래내였다.

앞에 한 선비가 계곡을 내려다보고 있었다. 진영은 무심코 선비를 훑어보았다. 커다란 갓을 쓰고, 새순 색깔보다 더 연한 빛깔의 도포를 입은 선비의 풍채가 여느 선비들과는 달라 보였다. 한 손에는 비단 보따리를 들고 있었다. 좀 더 가까이 다가가며 선비를 살폈다. 선비는 계곡 아래로 내려가려는지, 나무들 사이로 난 비탈길을 가늠하는 것 같았다. 나뭇잎들이 깔려 있지만 잘못 밟으면 미끄러지기 십상이었다. 얼굴을 돌려 이리저리 살필 때 갓 아래로 보이는 얼굴이 어디서 본 듯했다.

'어? 저 선비님은⋯⋯.'

며칠 전에 운종가에서 보았던 그 선비였다. 이제 보니 같은 옷이었다. 이번에는 보따리를 들고 있었지만.

"흠, 좀 더 낮은 곳으로 가야겠군."

선비는 혼잣말을 하며 천천히 몸을 돌려 계곡 아래로 내려갔다. 보따리엔 책이 든 게 분명했다. 선비들에게 책을 빌려주는 운종가 세책방에서 심부름할 때면 저렇게 각이 진 보따리를 건네받곤 했었다. 책 싼 비단 보따리를 들고 모래내를 따라

걷는 선비. 선비는 한양에 구경 온 시골 선비가 아닌 것 같았다. 운종가에서 시골 어쩌고 하며 아는 척했던 게 무안해졌다.

초가가 드문드문 보이는 곳까지 선비는 천천히 걸어갔다. 그때, 어디선가 조무래기 하나가 선비에게 달려들었다.

휙-.

그 조무래기는 선비 손에서 보따리를 낚아채 초가가 몰려 있는 쪽으로 내달렸다.

진영은 순식간에 일어난 일에 놀라서 멈춰 섰다.

"아니, 이게 무슨……."

양반은 뛰지도 않는다더니 선비는 멍하니 서서 조무래기가 달려가는 걸 보고만 있었다.

"야! 서!"

누군가 조무래기를 향해 삿대질을 하며 달려갔다. 역시 운종가에서 보았던 몸종이었다.

"거기 못 서!"

조무래기는 벌써 어디로 갔는지 보이지 않았다. 선비는 얼떨떨한 채, 몸종이 달려간 쪽을 보다가 빈손을 내려다보았다. 진영은 피식 웃다가 얼굴이 뜨끔해서 하늘을 보았다. 우박이 한두 개씩 떨어지다가 우두둑 쏟아지기 시작했다. 근처에 있던 아이들 몇이 두 손으로 이마를 가리며 뛰어갔다. 진영도 처마 밑으로 뛰어가고 싶었으나, 보따리가 궁금해서 자리를 뜰 수가 없었다. 선비는 세찬 우박에도 아랑곳하지 않고 그대로 서 있었다. 오히려 팔을 앞으로 쭉 뻗어 손에 우박을 맞았다. 우박 때문에 갓이 옆으로 비뚤어지는데도 선비는 그대로 서 있었다. 쏟아지던 우박은 언제 그랬냐는 듯 또 한두 방울씩 떨어지다가 멈췄다.

잠시 후에 몸종이 씩씩거리며 조무래기 멱살을 잡아끌고 선비에게로 왔다. 그 뒤로 무릎까지 오는 길고 가는 몽둥이를 허리에 찬 장정이 짧은 목례를 하더니, 돌아서서 가 버렸다. 선비를 멀리서 지키는 호위 무사 같았다. 몸종이 끌고 오는 조무래기를 보다가 진영이 자기도 모르게 소리쳤다.

"개똥아!"

몸종과 개똥이, 그리고 선비가 진영을 보았다. 몸종이 한 손으로 개똥이 멱살을 잡은 채로 달려와 다른 손으로 진영의 멱살을 잡아 틀었다.

"너, 한 패거리지?"

"뭐, 뭐라고?"

진영은 어이없는 상황에 말도 제대로 나오지 않았다. 진영과 개똥이를 번갈아 보던 녀석이 개똥이를 바닥에 패대기치듯 앉혔다. 그러곤 개똥이 머리를 내리칠 듯 주먹을 휘둘렀다.

개똥이는 머리를 감싸며 움츠렸다.

"이, 이놈이! 감히, 감히!"

분이 풀리지 않는지 발을 구르며 개똥이를 때리지는 못하고 주먹으로 자신의 가슴을 팡팡 쳤다. 선비의 보따리가 아니라, 자신의 보따리를 도둑맞은 것처럼 얼굴이 시뻘게져서 씩씩거렸다.

"백냥아. 잠시 떨어져 있거라."

보다 못한 선비가 한마디 했다.

'백 냥? 치, 한 냥도 못 주겠다. 어디서 감히 나를 도둑 패거리로 모는 거야?'

진영은 백냥이 말투를 따라 구시렁거리며 녀석을 노려보았다.

"보따리는 어쨌느냐?"

선비의 근엄한 목소리에 괜히 진영의 기가 눌렸다. 개똥이는 바닥에 무릎을 꿇고 오들오들 떨었다. 언제 감았는지도 모를 더벅머리에, 고름도 밑단도 다 떨어져 나간 옷을 걸치고, 짚신도 신지 않은 채였다.

"그 보따리엔 값나가는 게 들어 있지 않다. 가져오면 다 용서해 주마."

선비는 훨씬 부드러워진 목소리로 말했다. 개똥이가 어깨를 흔들며 눈물을 뚝뚝 흘렸다.

"모, 모르……. 흑흑흑, 살려 주세요……."

개똥이의 흐느낌을 듣고 있자니, 진영의 콧등이 저절로 시큰했다. 분명 거지들 중에 힘깨나 쓰는 놈이 시켰을 것이다.

"저 녀석한테 물어보십시오. 아까부터 저 녀석이 선비님 뒤를 따라가며 살피고 있었습니다요."

백냥이란 녀석이 눈에 쌍심지를 켜고 진영을 보았다. 이럴 때 개똥이가 아니라고 해 주면 좋을 텐데, 개똥이는 두려움에 벌벌 떠는 나머지 땅으로 꺼져 버릴 것만 같았다.

"개똥이는 저희 어머니가 일하는 국밥집에서 얻어먹는 거지입니다. 그래서 아는 것뿐입니다."

진영은 백냥이를 흘겨보며 천천히 답했다.

"그러고 보니, 며칠 전 운종가에서 보았던 여리꾼이구나."

"네? 아직 여리꾼은 아닙니다만."

진영은 선비의 눈썰미에 놀라며 주억거렸다. '상전을 모시고 다니면서 누가 누군지도 모르는 종놈을 혼 좀 내 주세요.'라는 말이 진영의 입에서 굴러다녔다.

"그러니, 저놈을 의심해 봐야 합니다. 어찌 운종가에서 말 붙인 놈을 이 모래내에서 또 마주친단 말입니까?"

"개똥이라 하였느냐?"

선비가 손을 들어 백냥이를 진정시키고, 개똥이를 내려다봤다. 개똥이는 머리를 아예 땅에 박고 있었다.

"그 보따리엔 값나가는 게 아니라, 내게 소중한 게 들어 있다. 꼭 찾았으면 좋겠구나."

선비의 온화한 음성이 들리니, 개똥이는 또 눈물을 뚝뚝 흘렸다.

"내일 이곳으로 가져오면 상을 내리마."

상이란 말에 개똥이가 놀라서 얼굴을 들었다. 땟국물에 눈물 자국으로 개똥이 얼굴은 얼룩덜룩했다. 하지만 이내 개똥이는 고개를 숙이고 천천히 저었다. 선비보다, 상보다 무서운 놈이 어디선가 지켜보고 있을지 몰랐다.

"이, 이 녀석이 안 오면……. 못, 못 찾으면 어떡합니까요!"

백냥이는 이대로 이놈들을 그대로 두고 가서는 안 된다고 선비를 졸랐지만 선비는 비뚤어진 갓을 고쳐 쓰고 걸음을 옮겼다. 할 수 없이 선비를 따라가던 백냥이가 뒤를 돌아보았다. 그러곤 내일 여기서 꼭 보자는 뜻인지, 검지로 땅을 몇 번이나 가리켰다.

"오늘 꼭 할 일이 있었는데……. 봄날 우박처럼 난데없는 일도 생기는 법이지."

선비는 하늘을 보며 중얼거렸다. 우박 맞은 선비의 옷이 후줄근했고, 뒷짐을 진 두 손이 허전해 보였다. 걸음걸이에도 힘이 없었다.

8. 진영의 꿈

    선비와 헤어지고 진영은 마포나루로 가서 한참이나 돌아다니다가 밤이 늦어서야 집으로 갔다. 어머니는 아무 말이 없었다. 그 후로도 며칠 동안 어머니는 정말 이상했다. 최 집사가 이번에 왜 나오지 않았는지 모르겠다며 중얼중얼거리기도 했다. 치마저고리 만들던 손으로 이젠 작아져 못 입는 옷들을 잘라서 진영의 겨울옷에 덧대어 꿰맸다. 멍하니 천장을 보다가 몸을 부르르 떨기도 했다. 잠결에 문득 눈을 떠 보면 진영을 내려다보던 어머니가 화들짝 놀라서 몸을 급히 눕히기도 했다.

    "사신들이 내달에 돌아간다 카더라. 최 집사가 아는 상인들을 통해 연통을 넣고 있다. 니를 같이 데려가 달라고."

진영은 밥숟가락을 탁 놓고 밖으로 나왔다.

도성으로 가는 길이 이리 길 줄 몰랐다. 마치 싸운 사람들처럼 진영은 멀찍이서 어머니 등을 보며 걸었다. 갑자기 어머니 마음이 바뀐 이유를 알아내야 했다.

돈의문을 건너는 순간, 개똥이가 생각났다.

"어머니, 요새도 개똥이가 와요?"

뜬금없는 개똥이 얘기에 어머니는 눈을 끔벅였다.

"개똥이? 그러고 보니 며칠 못 본 거 같으네. 요새 정신이 없어 가……. 밥은 먹고 댕기는가……."

그 일이 있고 나흘이 지났다. 개똥이는 보따리를 선비에게 돌려주었을까. 설마 몰매를 맞고 어디 쓰러지거나 죽은 건 아닌지. 개똥이가 어디 사는지는 당연히 몰랐다. 개천에 있는 거지 움막들을 다 뒤질 수도 없었다. 진영은 돈의문을 다시 나와 모래내로 뛰어갔다.

그날은 아무 생각 없이 걸어서 몰랐는데, 모래내까지는 가까운 거리가 아니었다. 개똥이가 어찌 됐는지 조바심이 나서 그런지 더 멀게 느껴졌다. 하루를 바쁘게 살아가는 사람들이 오가고, 여기저기서 난전이 펼쳐지고 있었다. 모래내 근처에는 아직 사람이 보이지 않았다. 아이들도 놀지 않는 시간이었다.

"야!"

어디선가 들리는 목소리. 둘러보니 산 쪽 너럭바위 위에 백냥이가 앉아 있었다.

"역시 내 짐작이 맞았군. 범인은 꼭 그 자리에 다시 나타나는 법이거든."

"뭐? 범인?"

진영은 씩씩거리며 백냥이가 있는 너럭바위로 갔다. 개울을 건너야 해서 돌을 밟으며 건너다 보니, 짚신 사이로 물이 스며들었다. 버선이 젖어 가며 발이 꿉꿉했다.

"난 개똥이가 궁금해서 온 것뿐이라고. 근데 개똥이가 보따리 안 돌려줬어?"

"그때 이후로 코빼기도 보이지 않아."

백냥이가 초가가 몰려 있는 쪽을 쏘아보며 말했다.

"그런데 그 보따리에 그렇게 중요한 게 들어 있는 건가?"

몸종이 며칠씩 나와서 기다리는 걸 보면 그냥 보따리는 아닌 것 같아서 진영이 슬쩍 물었다.

"중요한 게 아니면, 우리 나리가 몸소 그걸 들고 여기까지 오셨겠냐?"

백냥이가 험상궂은 얼굴로 말을 하다가 이내 풀 죽은 모습이 되었다. 진영은 고개를 갸웃했다. 백냥이는 힘없이 개울을 건너서 가 버렸다. 진영도 주위를 휘휘 둘러보다가 도성으로 향했다. 상미전으로 가는 내내 그 보따리에 어떤 사연이 있는 건지 머리를 굴려 보았지만 알 길이 없었다.

상미전에는 두꺼비 주인이 초췌한 모습으로 곰방대만 뻑뻑 피우고 있었다. 심부름거리가 있느냐고 묻지도 못하고, 생선전 골목으로 갔다. 생선전은 문이 닫혀 있었다. 진영이 서성거리자 생선전 앞 사기전* 주인이 말했다.

"양쪽 집이 난리가 났다. 밤사이 둘이 도망갔다니까."

"네에?"

진영은 벌어진 입을 다물지 못했다.

"멀리 못 갔을 거라고 양쪽 집에서 찾으러 나섰다만. 에구, 불쌍헌 것들."

금이의 두 눈에서 뚝뚝 눈물이 떨어지는 게 눈앞에 보이듯 생생했다. 정태도 유약하게만 보았더니, 이미 마음을 먹고 있었나 보다. 진영은 자신한테 아무런 상의도 안 했다는 게 괘씸하기도 했다. 상의를 했다 해도 도와줄 뾰족한 방법도 없었지만.

진영은 터덜터덜 개천 쪽으로 걸어갔다. 금이와 정태 때문에 마음이 안 좋고, 어머니 때문에 답답하고, 개똥이 때문에 오해도 받고 있어서 어깨가 축 처졌다. 개천을 따라가다 보면

---

* 사기전 사기그릇을 파는 가게.

혹시 개똥이를 볼까 해서 두리번거렸다.

순간, 누가 진영의 뒷덜미를 확 잡아당겼다. 온몸에 소름이 돋으며 숨을 제대로 쉴 수가 없었다. 뒷덜미를 낚아챈 사람은 진영이 정신 차릴 틈도 주지 않고 행랑 사이 골목으로 끌고 갔다. 진영은 뒷걸음질로 질질 끌려가며 손을 버둥거렸다.

"누, 누구세요? 켁켁."

뒷덜미를 얼마나 꽉 잡혔는지 목을 움직일 수도 없었다.

"조용히 하거라. 죽고 싶지 않으면!"

낮지만 무서운 목소리가 진영의 머리 뒤에서 울렸다. 뒷덜미를 잡았던 사람이 진영을 눌러 앉혔다. 진영은 힘없이 픽 쓰러졌다. 묵직한 몽둥이 같은 것이 뒷목을 누르고 있어서 고개를 들 수 없었다.

"보따리는 어디 있느냐?"

"무, 무슨 말씀이신지……."

"백냥이란 놈이 찾고 있는 거 말이다."

그제야 개똥이가 낚아챈 선비의 보따리가 떠올랐다. 날벼락도 이런 날벼락이 없다.

"제가 훔치라고 한 거 아니에요. 정말이에요. 그때 얘기했잖아요."

진영은 부드러운 음성으로 보따리를 돌려주면 상을 주겠다

던 선비에게 배신감이 들었다. 개똥이에게 한 말이었지만, 진
영은 선비의 품성에 감격했었다.

"거짓이 아니렷다."

"네, 네. 그 아인 운종가에서 심부름하며 오가다 보는 아이
예요."

"그 아이? 훔친 놈이 따로 있단 말이냐?"

"네?"

개똥이를 모르고 있다니, 선비가 보낸 사람이 아닌 것 같았
다. 무서운 목소리가 더 이상 말을 하지 않았다. 목을 살짝 움
직여 보았다. 몽둥이로 누르고 있지도 않았다.

"나를 따라오너라."

"네?"

진영이 천천히 고개를 들어 돌아보았다. 뒤에 웬 키 큰 장정
이 서 있었다.

"왜, 왜요……."

"우리 대감님께 가 보면 안다."

장정은 주위를 살피며 낮은 목소리로 말했다.

"왜요? 어느 대감님이신데요?"

진영이 겁을 집어먹고 뒤로 물러섰다.

"가 보면 안다. 조만간 이 한성부를 다스리실 분이다."

진영을 안심시키려는 듯, 장정이 상세히 말했다.

"아, 정 대감님이요?"

"아느냐?"

"그럼요. 그분은 저를, 그런데 왜요?"

장정이 답도 없이 고개를 갸웃하며 앞장섰다. 도대체 무슨 일인지, 아무 상관도 없는 보따리 때문에 정 대감을 만나러 가는 길이 멀게만 느껴졌다.

"대감마님, 데리고 왔습니다."

장정이 사랑채 방문 앞에서 고하고 문을 열었다.

"아니, 너는?"

열린 문으로 정 대감이 진영을 알아보았다. 진영은 문지방을 건너자마자 무릎을 꿇었다.

"이 아이가 맞느냐?"

대감이 장정에게 확인했다.

"네. 그날은 수복이란 놈 때문에 가까이 갈 수가 없었습니다. 며칠 백냥이 녀석 쫓다가 이 녀석과 말을 섞는 걸 보았습니다. 그런데 이 녀석은 아니랍니다. 보따리를 가져간 놈과 아는 사이인 것 같습니다."

장정의 대답에 진영이 깜짝 놀랐다.

'백냥이를 쫓았다고? 수복인 또 누구야?'

진영은 뭐가 뭔지 몰라서 몸을 움츠려 대감이 말을 하기만 기다렸다. 장정이 방문을 닫았다. 정 대감은 무슨 생각을 하는지 잠시 말이 없었다.

　"그래, 요즘도 부지런히 살고 있느냐?"

　진영은 고개를 주억거렸다.

　"운종가에서 심부름이나 하며 살기엔 아까운 얼굴이구나."

　진영은 순간, 사내 행세하는 걸 들킨 것 같아 고개를 더 숙였다.

　"조금만 누가 너를 돌봐 주면 운종가에서 큰 장사꾼이 될 상이란 말이다."

　마치 진영의 꿈을 훤하게 알고 있는 듯 대감이 말했다. 진영이 고개를 들었다. 대감은 그 누가라는 사람이 자신이라는 듯 진영을 향해 고개를 끄덕였다. 진영은 팔이 들들 떨려서 방바닥을 짚고 있기도 힘들었다.

　"내 부탁 하나만 들어주면, 운종가의 큰 시전에서 장사를 배우게 하고, 몇 해 내로 시전도 차려 주마."

　부탁이라니, 한성부 판윤 대감 되실 분이 운종가 심부름꾼에게 부탁이라니. 그리고 시전까지 차려 주신다니, 진영은 침을 꼴깍 삼켰다. 대감과 진영의 눈이 마주쳤다. 진영의 눈을 보던 대감의 눈동자가 잠시 흔들렸다. 그러다가는 고개를 흔들었다.

"며칠 전, 모래내에서 어느 선비의 보따리를 보았다고?"

진영이 고개를 천천히 끄덕였다. 대감이 진영 쪽으로 몸을
더 돌려 앉았다.

"그 보따리를 내게 가져다주겠느냐?"

진영은 머리를 벅벅 긁고 싶은 걸 겨우 참았다. 뭔가 큰일에
말려든 느낌이 들었다. 진영의 눈꺼풀이 파르르 떨렸다.

"그 보따리는 제가 훔친 게 아닙니다요. 개똥이란 놈과 한패
도 아니고요. 그냥 저는 거기 있었을 뿐입니다요. 그 보따리는
그 선비님 것이온데……."

모깃소리만 한 목소리로 진영이 겨우 말을 이어 갔다.

"그 보따리는 중요한 증거품으로 의금부에서 써야 할 물건
이다. 그분 또한……."

대감이 화를 누르는 듯한 엄한 목소리로 말을 하다 말았다.
선비는 소중한 보따리라고 했고, 대감은 의금부에 쓸 증거품
이라고 말하고 있었다.

"네가 훔치지 않았다 해도 너는 그 보따리를 보지 않았느
냐. 그리고 훔친 놈과 안다면서? 보따리를 찾아서 꼭 내게 가
져와야 한다. 알겠느냐."

대감은 또 힘을 주어 말했다. 못 찾는다고 말해야 하는데

진영은 대답도 못 하고 방바닥만 내려다보았다. 대감을 실망시키고 싶지 않아서가 아니라, 운종가에 시전을 내주겠다는 말이 사라질까 봐 두려웠다. 정 대감의 도움이라면 운종가를 떠나지 않아도 된다. 청나라로 가라는 어머니의 말을 당당히 거역할 수도 있다. 다시는 짐을 싸지 않아도 된다.

"네, 대감님께 가져다드리겠습니다."

불쑥 튀어나오는 말에 진영이 스스로 놀랐다. 뒷목에서 소름이 올라왔고 귀가 뜨거워졌다. 선비의 자상한 웃음이 떠올랐지만 고개를 저었다. 보따리가 어디론가 사라졌다는 사실에도 고개를 저었다. 찾을 수 있을 것이다. 개똥이를 찾으면 된다. 아니면 그 동네 조무래기들을 다그쳐 보면 될 것도 같았다.

절대 그 선비에게 돌려주어서는 안 된다, 오늘 만남은 누구에게도 말하면 안 된다는 정 대감의 당부를 듣고 진영은 북촌을 나왔다. 저녁 어스름이 되었다.

운종가에 시전 낼 생각을 하면 발걸음이 가벼웠지만, 의금부에서 증거품으로 쓸 보따리를 들고 있던 선비와 백냥이를 생각하면 왠지 마음이 무거웠다.

"그렇게 나쁜 사람 같지는 않았는데……. 하긴, 내가 뭐 사람 볼 줄을 아나. 양반들이 무슨 생각으로 사는지 내가 어떻게 아냐고."

진영은 대감의 말에 기울어지는 자신을 변명이라도 하듯 중얼거렸다. 운종가 시전만 생각하기로 했다. 지성이면 감천이라더니, 자신이 그렇게 운종가를 떠나기 싫어하니 정 대감이 나타나 도와주는 것 같았다. 진영은 집에 가서 저녁밥을 짓고 어머니를 기다렸다. 밥상을 들여가자 어머니가 진영의 표정을 살폈다.

"마음 묵었나?"

어머니는 진영이 사신을 따라가기로 한 줄 아는 모양이었다.

"네, 마음먹었어요. 절대 운종가를 떠나지 않기로."

어머니가 숟가락을 든 채 진영을 보았다.

"저는 운종가에서 꼭 시전 상인이 될 거예요."

"에미 말을 허투루 듣나? 사신한테 다 말해 났다. 어려븐 부탁 해 났는데 어깃장 놓으면 최 집사가 곤란타. 최 집사가 장사 배우게 도와줄 기다."

진영의 입을 막으려는 듯 어머니 말이 길었다.

"어머니!"

진영이 소리를 지르든 말든 어머니는 밥을 먹었다.

"어머니는 내 나라에서 떠돌아다닌 걸로도 모자라시나 봐요? 그래서 이제는 남의 나라로 떠나라고 하시는 거예요, 네?"

어머니는 밥이 목에 걸렸는지 숭늉을 들이켰다.

"우리 같은 것들한테 나라가 뭔 소용이고."

우리 같은 것들. 참 아픈 말이었다. 진영은 말로만 들었던 아버지를 생각했다.

"죄를 지어 옥에서 죽었으니 아버지는 이미 벌을 받은 거잖아요. 그런데도 이웃들이 흉을 봐서 떠돌아다닌 거 아니에요? 어머니, 저는 괜찮아요. 아무도 그 일로 저를 괴롭히지 않아요. 괴롭힌다 해도 제가 이겨 낼 수 있어요. 이제 이렇게 컸잖아요."

어머니가 숟가락을 놓았다.

"운종가가 그리 만만한 곳이가. 니가 사내 행세하고 다닌 거 들키면 운종가에 발도 못 붙일 기다. 청에 가면 더 큰 장사도 배울 수 있고, 니 본모습으로 살 수도 있다. 최 집사가 도와줄 기다. 그러이 내일부터는 운종가에 나가지 말고 사신 따라갈 준비나 해라."

어머니는 어떻게든 진영을 떠나보내려고 애를 쓰는 것 같았다.

"들키지 않을 자신 있어요. 만약 들킨다 해도 정말 괜찮다구요."

진영은 정 대감이 뒤를 봐줄 것이라고 말하고 싶었으나, 만남을 비밀로 해야 했기에 말을 삼켰다.

9. 애기씨

며칠 동안 진영은 개똥이를 찾으러 다녔다. 심부름거리가 없을 때면 개천 주위를 돌고, 피마길에 숨어서 지켜봤지만 개똥이는 보이지 않았다.

"어떻게 된 거지?"

보따리보다도 개똥이가 밥이나 먹고 다니는지 걱정이 될 지경이었다.

피마길을 나오다가 진영은 걸음을 멈췄다. 백냥이가 지나갔다. 누구를 찾는 듯 지나가는 사람들 얼굴을 유심히 보긴 했지만 걸음에 힘이 없었다. 어깨가 축 처져 있고 행색도 처음 봤을 때보다 후줄근했다. 아직 보따리를 못 찾은 게 분명했다. 진영은 백냥이를 몰래 따라갔다. 도대체 어느 댁 선비인지 궁금했다. 백냥이는 양반들이 많이 사는 북촌으로 가지 않고 개천을 따라 종묘가 있는 쪽으로 갔다.

'도성을 나가려나?'

백냥이는 종묘와 궁궐 앞쪽으로 늘어선 기와집을 다 지나서 점점 더 궁궐에 가까이 걸어갔다. 진영은 따라가던 걸음을 멈췄다. 백냥이는 어느새 궐 앞에 서서 닫혀 있는 성문을 보고 있었다. 진영은 백냥이가 군졸들에게 야단을 맞을까 봐 조마조마했다. 그런데 군졸들은 백냥이를 흘긋 보고는 그냥 있었다. 돌아가라는 말도 하지 않고 창으로 위협하지도 않았다. 백냥이에게 다가와 어깨를 두드리는 군졸도 있었다.

"친척인가?"

진영은 고개를 갸웃하며 돌아섰다.

다음 날, 진영은 조반도 먹지 않고 모래내로 향했다. 빨리 개똥이를 찾고 보따리도 찾아야 정 대감을 만날 수 있다.

개똥이가 뛰어다녔던 마을 골목을 걸어 다니며 주변 집들을 살폈다. 개똥이는 끌려왔을 때 보따리를 들고 있지 않았다. 누군가에게 주었다면 선비를 지키던 장정에게 붙잡혔을 것이다. 잡힐 것 같으니까 어느 집으로 던져 버렸을 수도 있다.

진영은 개똥이가 보따리를 던졌을 만한 집을 찾아보았다. 양반 집으로 던졌다간 큰일 난다는 건 어린아이도 아는 일이다. 허름한 초가들을 유심히 살펴보다가 다 쓰러져 가는 초가의 사립문에서 마당을 살폈다. 살림집이라면 부엌에서 아침밥을 할 시간이지만, 사람 기척은 느껴지지 않았다. 진영은 조심스럽게 마당으로 들어갔다.

"계세요?"

진영은 방 쪽에 대고 말을 던진 다음 귀를 기울였다. 아무도 내다보지 않았다. 댓돌에 신발도 없었다. 사람 살지 않는 집이 분명한 것 같았다. 툇마루 끝에 금 간 바가지가 엎어져 있었다. 다가가 바가지를 뒤집어 보니, 밥풀이 꾸덕하게 말라 있었다. 빈집에 거지들이 들락거리는 것 같았다.

'혹시 개똥이가?'

어쩌면 지금 안에 있을지 몰랐다.

"에이, 아무도 없나 보네. 돌아가야겠다."

진영은 일부러 바가지를 뒤집는 소리를 내고 뒤꼍으로 가서 숨었다. 잠시 후에 방문이 열리는 소리가 들렸다. 진영은 마당으로 고개를 삐죽 내밀었다.

"빨리 나와."

"좀 더 자고 싶어잉. 누가 왔다고 그래?"

아이들 목소리였다.

"쉿, 조용. 오늘 운종가에서 잔치가 열린대. 빨리 가서 줄 서야지."

거짓말이다. 잔치가 열린다는 소문만 있을 뿐, 날짜가 정해진 건 아니었다. 누가 찾아온 것에 놀란 것 같았다. 진영이 불쑥 마당으로 나갔다. 막 툇마루로 나온 아이가 놀라서 움찔했다. 방 안에서도 아이 하나가 눈을 끔벅끔벅하며 진영을 보았다. 개똥이였다. 여기 있는 줄도 모르고 여태 찾으러 다닌 게 화가 나면서도 잘 있어서 반갑기도 했다.

"개똥아, 나 알지? 그때 니가 훔친 그 보따리 말야, 아주 중요한 거래. 그거 어디 있어?"

진영은 다짜고짜 툇마루에 앉으며 물었다. 개똥이가 저쪽 벽으로 뒷걸음질 쳤다.

"무, 무슨 소리 하는 거야. 우리 개똥이가 뭘 훔쳤다고? 아, 아니, 뛰어다니다가 흘렸대. 그런데 그게 없어진 거야. 그래서 우린 이제 모른다고."

형이라는 아이가 얼굴이 벌게져서 더듬거리며 아무 말이나 막 했다.

"칠보 형아, 나 저 형 아는데."

동생이 뭐라 하든 말든 칠보라는 아이는 동생을 끌고 사립문을 나가 버렸다. 진영은 곧바로 방으로 들어갔다. 보따리 외에 다른 것은 생각할 겨를이 없었다. 다 떨어져 가는 흙벽에,

바닥에는 온갖 잡동사니가 늘어져 있었다. 진영은 흩어져 있는 잡동사니들을 뒤적이며 보따리를 찾았지만 없었다. 옆방문도 열었다. 얇은 거적때기가 방구석에 아무렇게나 있었다. 거적때기도 들춰 보았지만 보따리는 없었다. 진영은 한숨을 푹 쉬며 초가에서 나왔다.

보따리만 있으면 모든 게 잘될 것 같은데, 진영은 답답한 마음에 모래내 개울을 보다가 돌아섰다.

"야!"

진영이 놀라서 되돌아보니, 개울 건너편에 백냥이가 앉아 있었다. 기운 없어 보이는 건 여전했다.

'의금부에 끌려갈 주제에.'

진영은 백냥이를 슬쩍 떠보고 싶었다. 진영은 또 버선을 적시며 개울을 건넜다. '왜 저 아이는 늘 개울 건너편에만 앉아 있는가.' 하는 생각이 들었다. 너럭바위 가까이 다가가 백냥이 얼굴을 살폈다.

"그 보따리에 책이 들어 있는 거 맞지? 무슨 책이야? 혹시, 나쁜 일에 쓸……."

"뭐? 나쁜 일?"

백냥이가 얼굴이 벌게져서 소리쳤다.

"아니면 말지."

진영이 돌아섰다.

"참, 야!"

"내 이름은 야가 아니고 진영이거든. 진영!"

진영이 고개를 팩 꼬고 옆길로 가 버렸다.

"기집애같이 삐지기는."

"뭐라고?"

진영이 걸음을 멈추고 백냥이를 노려보았다.

"아, 아니다. 혹시 너, 좋은 약재 구할 수 있는 곳 알아?"

"왜?"

"우리 선비님이 좀 편찮으셔서……. 그날 우박을 맞아서 더 아픈 거라고!"

백냥이는 진영을 잡아먹을 듯이 소리쳤다. 백냥이가 고함을 쳐서 놀랐지만, 선비에 대한 마음이 느껴져서 진영은 화를 눌렀다.

"약국이라면 구리개에 많잖아. 같이 가 줄게."

진영이 앞장섰다. 역시, 이상한 사람들인 게 맞는 듯했다. 한양 사람이고 게다가 양반이라면 구리개를 모를 리 없었다. 진영이 걸음을 옮기자 백냥이가 쫄레쫄레 따라왔다. 백냥이와 같이 다니다 보면 선비의 정체와 선비가 꾸미는 일을 알 수도 있을 것이다. 그럼 꼭 보따리를 못 찾더라도 다른 증거를 찾게 될 테고, 정 대감에게 알리면 된다. 일이 의외로 잘 풀리는 것 같아 진영은 기분이 좋았다.

구리개에 있는 약국에서 백냥이는 거의 울 듯하며 선비의 증상을 말했다.

"열이 나셨다가, 춥다고 하셨다가, 땀도 삐질삐질 나시고. 드시지도 못하고……. 몸이 쑤시듯 아프시다고도……."

백냥이 얘기를 듣던 약재상 주인이 백냥이를 뚫어져라 보았다.

"상전이 어디 멀리 다녀왔느냐?"

"예? 예, 아니……."

백냥이가 말을 얼버무렸다. 주인이 눈살을 찌푸렸고 귀를 기울이던 진영도 맥이 풀렸다.

"제대로 말도 못 하게 하면서 약재를 구해 오라더냐? 직접 오시라 해라."

"무, 무슨 병인지요? 사실, 저희 나리는 약재를 구해 오라 하지 않으셨는데 제가 구해다 드리고 싶어서 왔습니다."

"쉽게 낫는 병도 아니고, 양반이라면 다 알아서 의원을 부르고, 약재를 구해다 쓸 것이다. 종놈이 걱정도 팔자구나. 썩 돌아가거라."

백냥이는 울상이 되어 약국을 나가 비척비척 어디론가 가 버렸다. 우박을 맞고 선비가 더 아프다니, 개똥이에게 다정하게 말하던 선비가 떠올랐다. 진영은 오늘 일을 정 대감에게 고하려 했던 생각을 접었다.

"참, 니 어미는 언제 온다더냐?"

막 약국을 나서려는데, 약국 주인이 물었다.

"저희 어머니요?"

"스무날쯤 된 거 같은데, 돈을 가지고 온다더니……. 빨리 약 안 쓰면 힘들다고 분명히 말했는데."

처음 한양에 왔을 때 어머니와 약재를 지으러 여기에 온 적이 있었다. 먼 길을 와서 좀 힘들다며 어머니가 약을 지어 먹었다. 그러고는 어머니가 기침할 때마다 진영은 약국에 가시라 했고, 어머니는 다녀왔다고 했었다.

'그 약국 약재는 참 좋더라. 냄새만 맡아도 싹 낫는 것 같다니까.'

어머니가 했던 말이다. 그런데 약을 안 쓰면 힘들다니. 진영이 다시 약국으로 들어가 주인 앞에 앉았다.

"자식 걱정 안 시키려는 어미 맘을 모른 척할 수도 없고, 쯧쯧쯧. 얼른 약 쓰라고 전하거라."

약국 주인은 하고 싶은 말을 참는 듯 곰방대를 찾아 물었다.

마른하늘에 날벼락은 이럴 때 쓰는 말인가. 아니다. 어머니는 점점 더 아팠는데 괜찮아질 거라고 억지 믿음으로 살았던 것이다.

진영은 힘없이 약국을 나왔다.

'올 가실에는 꼭 혼사를 치르거라.'

'청으로 가거라.'

어머니가 했던 말들이 아프게 떠올랐다. 어머니는 진영의 앞날을 준비하느라 약도 안 쓰고 있는 것일지 몰랐다. 그런 것도 모르고 '시집도 안 가겠다.', '청에도 안 가겠다.' 생떼만 쓰는 철부지였다니. 당장 어머니에게 달려가지도 못하고 진영은 시전 거리를 돌아다녔다. 이상하게 운종가가 조용했다. 여리꾼 김씨가 진영을 보며 말했다.

"잔치가 열린다더니, 물 건너갔나 보다."

"왜요?"

진영이 놀랐다. 시전 상인들은 잔치만 기다리고 있었다.

"웃전들이 하는 일을 우리 같은 천것들이 짐작이나 하겠냐. 임금님이 아프시다는 말도 있고, 세자마마가 아프시다는 말도 있고. 휴우."

진영도 덩달아 한숨을 크게 내쉬었다.

터벅터벅 걷다 보니 피마길이었다. 진영은 멀리서 어머니 모습을 지켜봤다. 검버섯이 얼굴과 손에 퍼지고, 눈 밑은 더 까

맣게 그늘이 앉은 어머니가 수건을 쓰고 뜨거운 가마솥 앞에
서 있었다. 도저히 어머니를 마주 볼 수 없을 것 같아 진영이
돌아섰다. 맞은편 피마길에서 순길 아범이 주위를 살피며 걸
어왔다.

"어? 여긴 어쩐 일이세요?"

두 번이나 봐서 순길 아범도 진영을 알아보았다.

"진영이구나. 옛날 생각이 나서 국밥이나 한 그릇 먹을까 하
고. 너는 이곳에 어쩐 일이냐. 상미전에서 일한다 하지 않았
니?"

"운종가 전부가 저의 일터예요. 참, 저 국밥집이 맛있어요."

국밥이란 소리에 진영이 망설임 없이 어머니가 있는 곳을
가리켰다. 점심때가 지나서 그런지, 국밥집엔 손님이 없었다.
진영이 앞장섰다. 핑계 삼아 어머니 얼굴이라도 보고 와야 할
것 같았다. 진영은 어머니 얼굴을 살피며 들어섰다. 어머니가
무심코 순길 아범과 진영을 번갈아 보았다.

"국밥 한 그릇만 주세요."

평상에 앉자마자 진영이 국밥을 시켰다.

"너도 먹거라. 내가 사 주마. 너에게 사 줬다고 하면 마님도
좋아하실 게다."

"아, 아니에요. 저는 배고프지 않아요. 참, 대감마님은 벼슬

하러 고향을 떠나오신 거예요?"

"고향을 떠나다니? 금의환향하신 거지. 아, 비단옷 입고 고향에 돌아왔다는 그런 말이다."

순길 아범은 진영이 못 알아들을까 봐 자세히 말하며 어깨를 쫙 폈다.

"아, 대감마님 고향이 한양이었네요."

진영의 말에 순길 아범이 고개를 끄덕이는 사이 어머니가 국밥을 가지고 왔다. 평상에 있는 작은 소반에 어머니는 국밥 두 그릇을 올렸다. 앞에 놓인 국밥 냄새에 진영이 울컥했다. 맛있는 냄새고 여태 진영이 맡았던 어머니 냄새였다. 순길 아범이 시키지도 않은 국밥 한 그릇이 더 있어서 이상한지 어머니를 올려다보았다.

"사실은 저희 어머니예요."

"아아."

순길 아범이 고개를 끄덕였다.

어머니의 무표정한 얼굴이 순길 아범을 보았다.

"어머니, 전에 북촌 정 대감님 댁에 갔었다고 했잖아요. 그 댁 순길 아범이에요."

어머니 눈이 점점 커졌다. 어머니 표정이 이상해서인지, 순길 아범도 무심코 보는 듯하더니 눈을 끔벅였다. 어머니가 갑자기 몸을 홱 돌리다가 휘청했다.

"어머니!"

"괘안타. 어서 묵어라."

어머니는 걸음을 빨리하여 가마솥이 있는 곳으로 갔다. 그런데 순길 아범은 계속 어머니를 보고 있었다. 진영이 국물을 뜨다가 순길 아범과 눈이 마주쳤다. 순길 아범의 눈동자가 진영의 얼굴을 뚫어져라 보다가 진영의 온몸을 훑어보았다. 그러다가 또 얼어붙은 듯 서 있는 어머니 뒷모습을 한참이나 보았다.

"왜 그러세요? 국밥은 안 드시고?"

순길 아범이 정신을 차린 듯 숟가락을 들고 국물을 떴다. 그런데 손을 떨어서 숟가락에 있던 국물이 반도 입으로 들어가지 못했다.

"우리 어머니가 끓인 국밥 맛있지요? 다음에도 또 와서 드세요."

"지, 진짜 어머니 맞니?"

"가짜 어머니도 있어요? 왜요? 어머니는 예쁘고 저는 못나서요?"

진영이 괜히 넉살을 피웠다.

"아니, 닮았……. 설마……."

순길 아범이 숟가락을 놓고 일어서다가, 갑자기 낮은 담장 너머로 주위를 살폈다.

"맛이 없어요? 그럴 리가 없는데."

순길 아범은 대꾸도 않고 어머니에게로 가서 엽전을 내밀었다. 어머니는 돈 받을 생각도 않고 또 몸을 돌려 다른 일을 하는 척했다.

"애, 애기…… 씨?"

어머니는 대답 않는데, 진영이 순길 아범 말이 이상해서 물었다.

"뭐, 라구요?"

순길 아범은 가마솥 앞에 돈을 놓고 밖으로 나가 주위를 살폈다. 무언가에 쫓기는 사람 같기도 했다. 순길 아범은 또 어머니를 유심히 보았다. 국밥을 먹다가 진영이 소리쳤다.

"왜 우리 어머니 얼굴을 자꾸 봐요!"

순길 아범이 조용히 하라는 듯 손가락을 입에 대고 진영에게로 왔다.

"너, 주영달이 계속 쫓아다니는 건 알고 있지?"

"주영달이 누구? 아, 무서운 목소리요. 휴……."

진영은 갑자기 보따리 생각이 나서 한숨을 쉬었다.

"이게 무슨 일인지. 주영달이 다 봤을 텐데 마님께 뭐라고 해야 하나. 에휴······."

순길 아범이 어쩔 줄 모르고 서성거리다가 국밥집을 나갔다. 어머니가 바닥에 털썩 주저앉았다.

10. 아픈 이름들

진영은 국밥 그릇을 치우는 어머니 안색을 살폈다.

"얼른 가그라. 니 쫓아다니는 사람이 있었드나?"

"아, 그런데 나쁜 사람은 아니에요."

"우리 집도 알고 있나?"

진영은 잘 모르겠다는 듯 고개를 갸웃했다.

"집은 절대 알지 못하그로 돌아댕기다가 가그라, 얼른"

어머니는 떨리는 목소리로 말하며 진영을 밀었다. 진영은 정대감과의 약속에 대해 말을 할 수 없어서 그냥 듣기만 했다.

"참, 약국에 왜 안 가셨어요? 돈 가지고 온다고 하셨다면서요. 저한테 말도 안 하시고."

진영은 어머니가 아픈데 약도 챙기지 못한 게 미안해서 괜히 투덜거렸다.

"뭐, 뭔 소리 하노? 용한 의원한테 진맥 보고 벌써 약 지어서 여기서 대리 먹었다. 벌써로 나았다."

"정말이에요?"

진영이 어머니 말을 믿지 못하겠다는 듯 물었다.

"그라믄 내가 아픈데도 니한테 멀리 떠나라 하겠나. 빨리 집에 가그라."

진영을 몰아내듯 어머니가 부뚜막을 휙휙 닦았다.

운종가를 돌아다니며 몇 가지 심부름을 하고, 진영은 돈의문을 나섰다. 집으로 가다가 문득 어머니 말이 생각나서 진영은 뛰기 시작했다. 뛰다가 골목을 돌아 뛰고 산길로 올라갔다가 내려와서 집으로 갔다. 주영달에게 집을 들키는 건 진영도 싫었다.

다른 날보다 일찍 어머니가 돌아왔다. 어머니는 저녁은 먹는 둥 마는 둥 하고 일찌감치 방의 불도 꺼 버렸다. 이불을 펴고 눕는 어머니를 따라 진영이도 누웠다.

새벽부터 돌아다녔더니 피곤했다. 진영은 두 팔로 돌아누운 어머니를 안았다. 어머니가 진영의 팔을 걷어 내며 벌떡 일어났다. 그러고는 등잔을 켰다. 다 헝클어진 머리카락 사이로 어머니 눈빛이 보였다. 진영은 깜짝 놀랐다. 어느 날 밤 급하게 짐을 꾸리던 그때 그 눈빛이었다.

어머니는 궤짝을 열어 진영의 옷을 꺼냈다. 겨우내 입었던 솜저고리와 솜바지를 편 다음 다시 둘둘 말아서 한쪽에 두고 작은 옷을 잘라 덧대어 꿰맨 저고리도 꺼냈다. 그러고는 또 자투리 천을 바지에 덧대어 꿰매기 시작했다. 진영은 어안이 벙벙해서 어머니를 보고만 있었다. 어머니는 바늘을 천에 찔렀다가 빼내고 다시 찔렀다.

"아!"

어머니가 놀라며 손가락을 입에 물었다. 바늘에 찔린 것 같았다. 진영이 놀라서 어머니 손에서 바느질감을 뺏었다. 어머니는 궤짝을 뒤지며 중얼중얼거렸다.

"한두 번도 아니고, 칼끝이 목전에 닥쳐야 놀라는 꼴이라니."

어머니 말이 도대체 무슨 말인지 알 수가 없었다. 진영이 어머니 등에 얼굴을 묻었다.

"어머니, 운종가에서도 얼마든지 장사를 배울 수 있어요. 최 집사한테 안 가도 된다고요. 운종가에서 장사하는 사람들은 청에 가 보지도 않은 사람들이에요."

"장사가 문제가 아이다."

진영이 어머니 등에서 얼굴을 떼었다. 어머니는 정말 이상

했다. 장사 배우러 청에 가라더니, 이젠 장사 때문이 아니라고
했다.

"그럼 뭐가 문제예요?"

어머니는 몇 번을 입을 달싹이며 망설이다가 말했다.

"가라면 갈 것이지. 왜 이리 말이 많노. 이 어미가 괜히 이러
겠나."

어머니 눈빛은 두려움에 떨고 있었다. 누군가에게 쫓기는
눈빛이었다. 그 눈빛 때문에 진영이도 무서워서 어머니에게 꼭
매달려서 도망 다녔었다. 그런데 이젠 무섭지 않았다. 어머니
가 두려워하는 게 도대체 무엇인지 알고 싶을 뿐이었다.

"내일부턴 집에만 있거라. 사신들이 언제쯤 떠나는지 내일
알아 오꾸마."

어머니는 다시 바느질감을 집어 들었다.

"어머니, 장사 때문이 아니면 혹시 아버지 때문이에요? 아
버지 때문에 청으로 도망가라는 거예요? 아니지요?"

바늘 들고 있는 어머니 손이 가늘게 떨렸다.

"이제 마지막이다. 청나라로 가면 다시는 도망 다니지 않아
도 될 기다."

어머니는 또 앞뒤를 다 잘라 버리고, 떠나라고만 했다. 어머
니에게 무슨 사연이 있는 게 분명했다. 그 사연은 진영과 당연

히 상관이 있을 터였다.

진영은 한숨도 못 잤다. 어머니도 밤새 뒤척이다가 새벽녘에 잠이 든 것 같았다. 아침도 먹는 둥 마는 둥 하고 어머니가 집을 나섰다. 진영은 어머니 말을 듣는 것처럼 집에 남았다. 한참 있다가 진영은 옷 한 벌을 넣은 봇짐을 간단하게 꾸렸다. 사신이 청으로 갈 때까지만 상주에 가 있을 생각이었다. 상주는 한양에 오기 전 살던 곳이고 벗도 있었다. 간단하게 편지를 써서 이불 속에 끼워 놓고 방을 나섰다. 돌아와서 보따리를 찾아야 하는데, 제발 칠보가 보따리를 숨겨 두고 있기만 바랐다.

마포나루로 갔다. 한성으로 들어오는 사람들, 배를 타고 떠나는 사람들이 한데 섞여 정신이 없었다. 진영이 물끄러미 배를 보았다. 막상 나루에 오니 망설여져서 배를 타지 못했다. 도대체 무슨 잘못을 저질렀기에, 일 년에 한 번이나 이삼 년에 한 번씩 사는 곳을 떠나야 하는 건지 한숨만 푹푹 나왔다. 하지만 이번은 떠나지 않기 위해 잠시 떠나는 것이었다. 진영은 봇짐을 고쳐 메고 배를 향해 걸어갔다.

"뭐 해, 비켜!"

짐짝을 진 사내가 진영을 밀쳤다. 진영이 뒷걸음쳤다.

"아!"

진영이 놀라서 뒤를 보았다. 뒤따라오던 사람 발을 밟은 것이다. 청인이었다. 진영은 어찌해야 할지 몰라 얼굴이 벌게졌다.

"어, 어, 잘못……."

청나라 말로 해야 알아들을 것 같아서 진영은 말을 제대로 못 했다. 대신 두 손을 모으고 허리를 숙였다. 청인이 진영의 어깨를 툭툭 쳤다.

"괜찮소."

청인은 조선말을 했다. 그러곤 먼저 배에 올랐다. 진영도 청인의 등을 보며 배에 올랐다. 뱃전에 앉자 청인과 눈이 마주쳤다. 진영은 멋쩍어 고개를 돌렸다.

사람들이 다 배에 올랐는지, 끼익끼익 노 젓는 소리와 함께 배가 나루에서 점점 멀어졌다. 진영은 배를 처음 탔다. 상주에서 올라올 때는 산길로 걸어서 왔었다.

강바람이 진영의 덥수룩한 머리카락을 날렸다. 산과 집 들이 멀어졌다, 가까워졌다를 계속하며 배는 점점 바다로 가고 있었다. 멀어지는 나루터를 보며 진영은 마음이 착잡했다.

사신이 청으로 돌아갈 때까지만 떠나 있겠다고는 했지만, 도망가는 거나 마찬가지였다. 어머니는 무엇엔가 쫓기며 어떻게든 진영을 보내려 안달하는데, 진영은 그런 어머니를 저버리고 떠나고 있었다. 어머니는 이제 없어진 진영을 걱정하며 밤을 새울 것이다. 기침을 하며 어깨와 등이 아파서 몸을 움츠리던 어머니 모습이 보이는 듯했다. 진영이 벌떡 일어섰다.

"아저씨, 다음은 어느 나루터에서 내리는 거예요?"

이대로 간다면 다시는 어머니를 못 볼 것 같았다.

"저, 돌아가야 하는데요. 두고 온 것이 있어서요. 한양으로 돌아가야 하는데요."

진영이 동동거리며 말했다. 날이 어두워지고 있었다.

"소이포*에서 잠시 머물렀다가 강화로 갈 것이다."

사공이 노를 저으며 알려 주었다.

"고맙습니다."

진영은 다시 앉지 못하고 서 있었다. 바람결에 머리카락을 쓸어 넘기다 청인과 또 눈이 마주쳤다. 웬일인지 청인은 계속 진영을 보고 있었다. 소이포에서 내렸지만 어두워져서 집으로 갈 수 없었다. 할 수 없이 주막에서 밤을 보내기로 했다.

"이젠 절대 도망가지 않을 거야. 왜 그렇게 어머니가 나를 청으로 보내려 안달하는지 알아낼 거야."

잠이 오지 않아 뒤척이다가 날이 밝자마자 주막을 떠났다.

피마길 국밥집에서 어머니는 여전히 불을 때며 국을 끓이고

■ 소이포 지금의 김포.

있었다. 표정 없는 어머니 모습이지만 진영은 안심이 되었다. 혹시나 어머니가 아파 누워 있으면 어쩌나 불안했었다.

광통교▪ 가까이로 가자, 마치 운종가가 자신을 기다리기라도 한 것처럼 진영은 기분이 좋아졌다.

"진영아, 오늘은 내 심부름 좀 하거라."

광통교 아래서 책방 주인이 소리쳤다.

"어딘데요?"

"달포 전에 갔었던 웃대 박 선비 댁 알지? 서책 몇 권 갖다주면 된다. 다녀오면 품을 바로 주마."

품을 바로 준다는 말에 진영은 신이 나서 광통교 아래로 내려갔다. 봇짐은 책방에 맡기고 책 보따리를 받았다. 책 보따리 끈을 길게 하여 한쪽 어깨에 걸쳤고, 다른 끈은 겨드랑이를 지나 가슴팍에서 묶었다. 막 육조▪ 거리 앞을 지날 때였다.

"야, 진영!"

진영은 소리가 나는 쪽을 보았다. 백냥이었다. 몸종 주제에 여기저기 안 다니는 데가 없다. 진영은 걸음을 조금 늦추었다.

"쳇, 니가 내 상전이라도 되냐? 왜 자꾸 불러대? 종이 그렇

▪ **광통교** 서울 종로 네거리에서 남대문으로 가는 큰 길을 잇는 청계천 위에 걸려 있던 조선 시대의 다리.
▪ **육조** 조선 시대의 여섯 관부. 이조, 호조, 예조, 병조, 형조, 공조.

게 막 돌아다녀도 되냐?"

"난 종 아니야. 우리 나리께서 종 아니라고 어디든 가라고 했어."

"그럼 가든가. 왜 상전을 쫄쫄 따라다녀. 게다가 질질 짜기까지."

"그건……."

또 백냥이는 말을 못 했다.

"넌 왜 말을 제대로 못 하고 자꾸 얼버무려? 뭔가 사연이 있나 본데?"

진영이 눈을 게슴츠레 뜨며 뭔가 알아내려고 백냥이를 훑어보았다.

"그게 뭐야?"

갑자기 백냥이가 손가락질을 하며 물었다.

"뭐?"

진영은 자기 몸을 훑어보며 백냥이가 말한 '그거'를 찾았다. 자기 손에는 아무것도 없었다. 백냥이가 무얼 보고 눈을 반짝이는지 알 수 없었다.

"설마, 그 보따리 찾은 거야. 등에 멘 게 책 같은데?"

"아, 아니야. 이건 그게 아니고."

갑자기 백냥이가 진영의 등에 있는 보따리를 끌어당겼다.

진영이 휘청하며 엉덩방아를 찧고 말았다.

"아야! 왜 이래?"

백냥이는 조금 놀란 듯했지만 이내 표정을 바꾸며 말했다.

"빨리 그 책 내놓으라고!"

진영은 어이가 없었다. 백냥이가 이렇게 다짜고짜 윽박지르는 녀석인 줄은 몰랐다.

"내가 보따리를 찾았으면 선비와 너는 벌써 의금부에 끌려갔을걸!"

진영은 일어서며 소리를 빽 질렀다. 백냥이가 보따리를 끌어당기다가 손을 놓았다.

"의금부라니? 왜 우리 선비님이 의금부에 가? 너, 우리 선비님이 누구신지나 알아? 그 책에 뭐가 적혔는지 아냐고!"

백냥이가 울 듯이 온 얼굴을 찌푸리며 다그쳤다.

"너는 알아? 글을 읽을 줄이나 알아?"

진영은 정 대감이 말하지 말라 했던 말을 떠올리며 딴 얘기를 했다. 백냥이 얼굴이 붉으락푸르락했다.

"네모난 건 다 책이고, 까만 건 글씨고, 하얀 건 종이지?"

진영은 백냥이를 흘겨보다가 돌아섰다. 백냥이와 더 얘기하다간 비밀을 말해 버릴 것 같았다.

"야, 그 책에는 아픈 이름들이 들어 있단 말이야. 이리 내놓으라고……."

백냥이의 애걸하는 목소리를 들으며 진영은 내달렸다. 웃대에 들어서면서 진영은 걸음을 늦추었다. 백냥이 목소리는 들리지 않았다.

"이름이면 이름이지, 아픈 이름도 있나? 설마 의금부에 가야 될 이름?"

진영은 얼른 박 선비에게 책을 가져다주고 북촌으로 향했다. 보따리는 당장 못 찾아도 정 대감에게 보따리에 대한 이야기를 해야 할 것 같았다. 그래야 진영을 볼 때마다 시전에 대해 생각을 할 테니까.

진영이 정 대감 댁에 들어서자, 순길 아범이 깜짝 놀라며 대문 밖으로 진영을 밀었다.

"왜 왔어? 돌아가."

순길 아범이 목소리를 죽이며 손을 휘휘 저었다.

"대감님께 꼭 알려 드릴 게 있어서요."

"얼른 가고, 앞으론 오지 마. 알았지!"

진영은 순길 아범에게 떠밀려서 이유도 모른 채 북촌을 나왔다.

11. 본모습

운종가의 하루는 어떤 날은 길고 어떤 날은 짧았다. 오늘은 유달리 길었다. 어제 집에 못 들어가서 그런 것 같았다. 아직도 해가 기울지 않고 있었다. 상미전에는 두꺼비 주인이 곰방대를 피우고 앉아 있었다. 전보다 표정이 밝아 보였다. 진영은 얼른 생선전으로 갔다. 금이가 탁탁, 생선을 토막 내고 있었다. 머리카락은 흐트러져 얼굴에 흘러내렸고, 얼굴은 퉁퉁 부어 있었다. 진영은 다가가지도 못하고 금이를 보기만 했다. 정태는 어떻게 되었을까. 두꺼비 주인 표정을 봐서는 정태는 집에 있는 것 같았다. 같이 도망갔으면 붙잡히지 말든가, 붙잡혀 왔으면 어떻게든 금이를 지켜 줘야지. 진영은 당장 정태를 찾아가 따지고 싶었지만, 상미전 안주인이 지키고 있을 터였다.

"아파 보이는데 혼자 장사를 하는 게냐?"

웬 선비가 생선전에 가까이 오더니 금이에게 말을 붙였다. 진영은 놀라서 뒷걸음질 쳤다. 바로 보따리 주인인, 아니 보따리를 가지고 있던 그 선비였다. 정말 이상한 선비다. 양반이 생선전 앞을 기웃거리고 말을 걸다니. 두세 걸음 뒤에 백냥이도 있었다. 진영은 생선전 옆 다른 행랑의 문 뒤로 몸을 숨겼다.

금이는 눈을 끔벅이며 선비를 보았다. 그러다가 화들짝 놀라 칼을 놓고 허리를 굽혔다.

"힘들어 보이는구나."

"저를 알아보십니까?"

금이 목소리가 떨렸다.

"너와 너의 아비가 울던 모습이 아직도 생생하구나."

금이는 얼굴을 들지 못했다. 진영은 몸을 더 생선전 쪽으로 빼며 귀를 기울였다.

"그게 너의 마지막 눈물이길 바랐는데……."

'마지막 눈물?'

선비는 금이를 아주 잘 아는 것 같았다.

"안타깝구나."

선비 말에 금이는 어깨를 떨었다. 진영은 선비를 더 자세히 보았다. 선비는 보따리를 들고 달아난 개똥이에게도 다정하더니, 이젠 금이 마음을 어루만지고 있었다. 의금부에서 증거로 쓰일 보따리를 가지고 있었다면 선비도 무언가 잘못을 저지른 것 같은데, 진영은 선비의 정체와 정 대감과는 어떤 사이인지 몹시 궁금했다. 어쨌든 보따리를 찾으면 모든 궁금증이 풀릴 일이었다.

진영은 선비와 백낭이가 다른 곳을 보는 틈을 타서 그곳을 빠져나왔다. 얼른 모래내로 가서 개똥이를 기다릴 생각이었다. 혜정교를 나오면서 걸음을 빨리했다. 혜정교 근처 상인들도 물건들을 정리하고 있었다.

"어?"

혜정교 아래 펼쳐진 난전들 사이에서 손을 내밀고 굽실거리는 한 아이가 보였다. 아이가 고개를 숙였다가 드는 순간, 진영은 눈이 번쩍 뜨였다. 바로 칠보라는 개똥이 형이었다. 칠보는 매몰차게 자신의 손과 머리를 때리는 상인들에게 넙죽 절하고 개천을 따라서 걸어갔다. 진영은 개천 윗길로 칠보를 쫓아갔다. 광통교 지나서 수표교도 지나 한참을 쫓아가니, 움막들이 모여 있는 곳까지 가게 되었다. 거지들이 모여 사는 움막이었다. 그 움막들 중 한 곳에서 칠보는 두 손을 모으고 허리를 숙였다.

진영은 개천으로 내려가 움막 가까운 곳에서 칠보가 무얼 하는지 보았다. 움막 안에는 머리가 어깨까지 길고, 수염까지 길어서 까만 털로 얼굴이 뒤덮인 사내가 앉아 있었다.

"낯짝도 좋다. 오늘도 빈손이냐?"

걸걸한 목소리와 함께 짚신 한 짝이 칠보의 다리로 날아왔다. 칠보가 움찔하다가 짚신을 주워 들고 허리를 굽힌 채 그 사내에게 가져다주었다.

"개똥이 녀석은 요새 오지도 않고, 무슨 꿍꿍인지 모르겠지만 들키면 니들 형제는 나한테 죽는다는 거 알고 있지?"

느물거리며 칠보를 협박하는 걸로 봐서 거지들 중 왕초인 모양이다.

"개똥이는 아파서 집에 있어요. 내일은 꼭 값진 걸 얻어 올게요."

칠보는 몇 번이나 허리를 굽혀 가며 말했다.

"그래야지. 그리고 너 자꾸 잇나 본데, 부모 잃고 길바닥에서 다 죽어 가는 너희 형제를 살려 준 건 나야. 나 아니었으면 누가 너희들을 거들떠나 봤겠냐. 안 그래?"

칠보는 더 깊이 허리를 숙였다가 돌아섰다. 진영은 다 떨어진 옷을 입고 맨발로 가는 칠보의 뒷모습을 보기만 했다. 당장 쫓아가서 보따리에 대해 묻고 싶었지만 칠보를 따라가지 않았다.

집에 오자마자 밥을 지으려고 부엌으로 들어갔다. 독에서 쌀을 꺼내 씻어 솥에 안치고 아궁이에 불을 땠다. 밥이 다 되어서 밥그릇에 밥을 퍼 담았다. 방바닥이 따뜻해졌으니, 밥그릇을 이불로 덮어 둘 생각이었다. 밥그릇 뚜껑을 덮고 다른 밥그릇을 찾았다. 보이지 않았다. 진영은 고개를 갸웃했다. 국그릇도 하나뿐이었다. 숟가락도 하나뿐이었다. 그릇을 씻는 자배기 안에도 다른 그릇은 없었다.

진영은 이상한 기분에 휩싸여 방으로 들어갔다. 궤짝 위를 보는 순간 진영은 얼어붙었다. 궤짝 위에는 이불이 한 채밖에 없었다. 진영이 덮고 자는 이불이 보이지 않았다. 베개도 없었다. 궤짝을 열었다. 궤짝 안에 있는 옷들을 꺼내서 방바닥에 펼쳤다. 옷은 모두 어머니 옷이었고, 진영이 것은 버선 한 짝도 없었다. 청으로 보내려고 옷을 따로 싸 두었다면 짐 보따리라도 있어야 했다. 그런데 없었다.

진영은 어머니와 자신이 살던 집이 맞는지 방을 휘, 둘러보았다. 어머니의 바느질 바구니는 그대로 있었다. 말린 나물 바구니도 그대로였다. 진영이 것만 없었다. 마치 진영이 여기에 산 적도 없었던 것처럼. 진영은 등줄기가 서늘해졌다.

설마, 어머니가 화가 나서 진영의 물건들을 다 버린 걸까? 밤사이 무슨 일이 생긴 건 아닐까? 어머니 것은 다 있는데 왜 자신의 것은 없을까. 진영은 툇마루에 앉아서 어머니가 돌아오기만을 기다렸다.

밤이 늦도록 어머니는 오지 않았다. 혹시 인정[*]이 울린 후라 국밥집에서 자는 걸까. 진영은 툇마루에서 꼬박꼬박 졸다가 방으로 들어갔다. 한 채뿐인 이불을 궤짝에서 내렸지만 펼수가 없었다. 어머니가 아니라면 진영이 쓰던 것만 없어지게할 수는 없었다. 가슴이 답답하여 가슴을 칭칭 휘감은 넓은띠를 풀었다.

'너의 본모습으로 살 수 있다.'

어머니가 했던 말이 떠올랐다.

"청에서는 어떻게 내 본모습으로 살 수 있다는 거지?"

전쟁이 나서 여자아이를 잡아간다는 소문 때문에 어머니는진영에게 사내아이 옷을 입히기 시작했다고 했다. 하지만 전쟁이 끝나고 열 살이 넘어도 어머니는 진영을 남자아이로 키웠다. 옷만 남자아이 옷을 입힌 게 아니었다. 남자아이들이하는 일을 시켰고, 볼이 부르트고, 손발이 부르터도, 씻지 않아도, 머리에 서캐가 일어도 어머니는 못 본 척했다. 그건 어머니도 마찬가지였다. 아무리 장에서 미안수를 발라 보라고 해

---

[*] 인정 조선 시대에, 밤에 통행을 금지하기 위하여 종을 치던 일.

도 절대 바르지 않았다.

여자인 게 싫어서 진영을 남자처럼 키운 줄 알았는데, 어머니는 지금 본모습으로 살 수 있다며 진영을 보내려 하고 있었다.

'최 집사가 모든 걸 알려 줄 게다.'

최 집사는 아버지 친구라고 했다. 진영이 장사를 배울 수 있도록 도와줄 수는 있지만 어떻게 모든 걸 알려 줄 수 있을까. 맥이 뚝뚝 끊어지는 어머니 말이 생각나 진영은 머리가 아팠다.

12. 피로인들

"용 장군이 들었습니다."

상궁이 고하는 소리에 세자는 책을 덮었다.

"그러냐. 뫼셔라."

우뚝하니 덩치가 큰 용 장군이 들어와 예를 갖췄다. 세자는 흐뭇하게 용 장군을 바라보았다.

"허허, 장군께선 조선 사람이 되기로 한 거요? 아직도 돌아가지 않고……."

"한 일 년은 더 머물고 싶습니다. 며칠 전에는 배를 타고 서해를 따라 내려갔다 왔는데, 조선의 산천이 참 아름답습니다."

세자는 용 장군 말에 고개를 끄덕였다. 상궁이 다과상을 들였다.

"참, 언제까지 장군이라 부르실 겁니까. 그 자리에서 내려온 지가 언제인데요."

"그 일은 두고두고 미안한 마음을 가지고 있소. 내 오늘은 귀한 차를 대접하겠소. 어서 드시오."

"마마께서 미안해하실 일이 아닙니다."

용 장군이 무안하여 고개를 숙였다.

"운종가에서 그 아이를 보았소."

"아, 그러셨습니까. 많이 컸지요?"

세자는 천천히 찻잔을 들었다. 찻물이 일렁이며 그 아이와 만났던 심양의 조선관 모습이 나타났다.

"저 아이는 누군가?"

김 상궁은 세자의 눈길이 머무는 곳에 있는 아이를 살폈다. 아이는 담벼락 옆에 심긴 작은 꽃나무 가지를 툭, 툭 끊어서 자기 옆에 놓다가 화들짝 놀라서 허겁지겁 손으로 땅을 파서 그 가지들을 묻었다.

"석 달 전쯤에 속환한 아이옵니다."

"석 달 전?"

피로인들의 속환 문제로 머리가 빙빙 돌 지경이었다. 석 달 전의 아이가 선뜻 떠오를 리 없었다.

"청나라 장수들을 초대해서 잔치하던 날 말이옵니다."

"아."

세자 입에서 짧은 탄식이 나왔다. 조선관 마당으로 소리를 지르며 뛰어들었던 아이가 떠올랐다. 가지런히 머리를 땋아 늘어뜨린 지금 뒷모습으로는 그때 그 아이인지 생각할 수도 없었다.

"살려 주셔요, 살려 주셔요!"

바짝 마른 목에 있는 마지막 숨을 토해 내듯 아이의 갈라진 목소리가 마당을 울렸었다.

볕 좋은 날이었다. 마루에는 청나라 장수들이 넓은 탁자에 빙 둘러앉았고, 차양을 넓게 편 마당에는 부하 장수들이 음식상을 앞에 놓고 거나하게 술에 취해 가고 있었다. 조선관에서 직접 경작해서 식량을 조달하라며 황무지나 다름없는 땅을 던져 준 지 2년, 연이은 풍작에 청나라 조정은 당혹스러워하면서도 세자와 세자빈을 다시 보는 눈치였다. 세자는 감사 인사로 청나라 조정에 추수한 곡식을 보내고, 장수들을 초대해서 잔치를 베풀었다.

"역시 사람은 역경에 처해 봐야 단단해지는 법이지요. 조선에 그냥 있었더라면 대국에서 농사짓고, 조선 왕 못지않은 추앙을 받는 이런 기회를 어찌 누릴 수 있었겠소. 아니 그렇소?"

느물거리며 하대하는 청나라 장수 말에 반박도 못 하고, 세자는 웃을 수밖에 없었다. 감히 조선 왕을 들먹거리는 주둥아리에 재갈이라도 물려 주고 싶었다. 세자는 장탄식이 새어 나오는 입으로 술잔을 가져갔다. 세자빈이 자신을 보고 있었다. 세자빈은 임신 중이었다. 조선관의 살림을 맡고, 피로인들을 속환하여 청이 던져 준 땅에 작물을 심어 이문을 남기는 당찬 여자였다. 세자빈이 입술을 꾹 다물고 천천히 눈을 깜빡였다. 자중하라는 신호였다.

"대국은 땅만 넓은 게 아니라, 마음도 넓다는 걸 절실히 깨달았습니다. 아무리 부모지간이나 형제지간이라도 자신의 것이 없으면 말 한마디 하기가 힘든 법이지요. 황제께서 우리에게 땅을 경작해 농사를 지어 먹고살게 하시고, 그 이익을 남겨 가지게 하였으니 얼마나 고마운 일입니까."

세자빈이 세자를 대신하여 듣기 좋은 말을 했다. 어디에서 말을 하든, 세자와 빈의 말이 황제에게 들어가는 건 뻔한 일이다. 말 한마디라도 황제의 귀를 기쁘게 해야 할 터였다. 청나라 장수들은 술잔을 들어 건배를 외쳤다.

그렇게 좋은 날에 저 아이가 뛰어 들어왔던 것이다. 다 헝클어진 머리에 퉁퉁 부은 얼굴과 입가에는 피가 맺혀 있는 아이는 두 손으로 찢어진 치파오 앞섶을 죽어라 붙든 채 마당에 쓰러졌다. 치마 아래로 바지도 입지 않은 맨다리에 맨발이었다. 청인 옷을 입었지만 아이는 분명 조선말로 "살려 주세요."라고 했다.

심양에 온 지 수 해, 아이가 왜 저런 꼴로 이 조선관에 뛰어들었는지는 불 보듯 뻔했다. 대문에 서 있던 청나라 군졸들이 달려와 아이 양팔을 우악스럽게 잡아 올렸다. 발버둥 치던 아이 손이 옷에서 떨어졌다. 열두어 살밖에 되지 않은 아이의 맨 가슴이 찢어진 옷 사이로 드러났다.

"관두라!"

세자 명령에 군졸들이 멈칫했다. 상궁들이 달려가 치마폭으로 아이를 가렸다. 김 상궁이 얼른 쓰러진 아이를 무릎에 안아 올렸다. 아이는 축 늘어져 눈썹만 파르르 떨었다.

"어느 집이냐?"

분노에 찬 세자의 음성이 마당을 울렸지만 아무도 대답을 하지 못했다.

그때, 한 사내가 조선관으로 들어왔다. 사내는 술에 취했는지, 약에 취했는지 몸을 가누지 못했다.

"우리 집 종년이 이리로 들어온 것 같은데, 끄억!"

사내가 마당 가운데에 서서, 게슴츠레한 눈으로 주위를 살폈다.

"여기가 어디라고!"

세자가 치를 떨었다.

"어디긴 어디야. 쪼기 작은 나라에서 온 세자가 사는 곳이라지. 그건 그렇고, 내 계집종 어디 있냐고!"

사내는 두 팔을 휘이휘이 저으며 마당을 헤집고 다녔다. 상궁들은 뒷걸음 치며 아이를 뒤로 빼돌렸다.

"아니, 우 대인 댁 자제가 아니신가."

마루에 있던 용 장군이 마당으로 내려왔다.

"아, 누구시더라. 용 장군? 이 쪼그만 나라에 뭐 먹을 게 있다고 오셨소. 참, 그 종년이 어찌나 뻗대는지……. 컥컥컥."

웃겨 죽겠다는 듯 배를 잡고 컥컥대던 우 대인 아들이 바닥에 주저앉았다.

"거 좀 조용조용 처리하시지……. 참. 큭큭."

"요즘 피로인들 때문에 재미 보는 집들이 많다지……."

"무슨 소리요? 우리 집에는 감시자가 있어서……. 흠……."

탁자에 둘러앉은 장수들이 청나라 말로 떠벌리며 낄낄거렸다. 기둥을 잡고 선 세자는 이를 부드득 갈았다. 용 장군이 민망한 표정을 지으며 탄식했다.

"술맛 떨어지니, 얼른 데리고 나가거라."

술 취한 어느 장군 호령에 사병들이 아이를 둘러싼 상궁들에게 창을 들이대며 다가섰다.

"잠깐. 말썽을 일으킨 건 저 아이가 아닌 것 같습니다. 안 그렇습니까?"

용 장군의 단호한 목소리에 사병들이 멈춰 섰다. 바닥에 주저앉은 채 실실 웃고 있던 우 대인 아들 눈빛이 돌변했다.

"저년이, 종년 주제에, 주인 명령을 허술히 알고. 가만히 있으라고 하면 가만히 있을 일이지. 쬐끄만 나라에서 온 포로 주제에! 그런데, 용 장군은 왜 나서시오? 우리 가문을 모른단 말이오!"

우 대인 아들이 고래고래 소리를 지르며 삿대질을 했다.

세자는 붉으락푸르락해진 얼굴로 용 장군을 보았다. 용 장군이 위험해질 수도 있었다.

"뭐 해! 빨리 끌어내란 말이야!"

우 대인 아들이 고함을 쳤고 사병들이 상궁들 사이에서 아이를 우악스럽게 빼냈다. 아이는 무릎을 다 펴지도 못하고 사병들에게 붙잡혔다. 아이는 어깨를 움츠려 가슴을 가리려 애썼다. 이제 열두어 살밖에 되지 않은 여자아이 몸부림에 세자는 울컥 눈물이 솟았다. 사병들이 우악스럽게 아이를 잡아끌었다. 아이의 맨다리엔 언제 맞았는지 모를 피멍들이 가득했다.

"내가 그 아이를 사겠소."

세자의 말 한마디로, 아이는 조선관에 남게 되었다. 그러고 석 달이 흘러갔나 보다. 그사이에 용 장군은 왕의 친족을 비난했다는 이유로 장군 자리에서 쫓겨났다.

"오늘 모두 농장에 가서 일한다 하지 않았느냐."

"저 아이는 석 달 동안 단 한 번도 바깥으로 나가지 않았습니다. 문 옆에만 가도 아이가 기겁을 하고, 밖으로 나가면 큰일 나는 줄 알고 있습니다. 어떤 날은 멀쩡히 심부름을 잘하다가도, 어떤 날은 저러고 있고. 마마께서 잘 살피라 하셨기에 모두 그러려니 하고 지켜보고 있습니다."

쓰러진 아이를 안았던 기억 때문인지, 김 상궁은 그동안 아이에게 신경을 쓰고 있었다.

"그때, 몸이……. 다친 건 아니겠지……."

우 대인 아들의 느물거리는 눈빛이 떠올라 세자는 먼 데를 바라보며 물었다.

"네, 모두 세자마마의 은혜이옵니다. 다시 끌려갔다면 어찌 되었을지……."

"저 아이를 이리 데려오게."

"네?"

김 상궁은 또 묻지 못하고 아이에게 달려갔다. 아이는 꺾은 가지를 땅에 심고는 땅을 다독이고 있었다. 상궁은 아이를 부르지도 못하고 등을 두드렸다. 아이가 깜짝 놀라더니 일어서서 인사를 했다.

"마마께서 부르신다."

아이 치마에 흙이 묻어 있다. 상궁은 아이 엉덩이를 탁탁 털며 말을 이었다.

"너를 살려 주신 세자마마님이다. 납작 엎드려 절하거라."

영문도 모른 채 세자 앞으로 간 아이는 두 손을 모으고 멀뚱멀뚱 세자를 보다가 화들짝 놀라며 바닥에 엎드렸다.

"이름이 무어냐."

세자가 다정하게 물었다.

"금이라고 하옵니다."

몇 달 있다가 금이의 아비가 조선관으로 들어왔다. 금이의 아비는 목 놓아 울었다. 금이 눈에서 떨어지는 눈물방울을 잊을 수가 없었다.

그날이 생각나 용 장군도 말없이 차를 마셨다.

"참, 용 장군이 찾을 사람이 있다고 했었지? 그래 만났소?"

용 장군이 천천히 고개를 저었다.

"내 도와주리다. 어디 사는 누구요?"

용 장군이 잠시 머뭇거리다가 찻잔을 내려놓고 말했다.

"모릅니다. 정묘년 전쟁 후에 아버지께서 전리품으로 가져온 여인이었습니다. 집에서 허드렛일을 했었습니다."

용 장군 입에서 나오는 정묘년, 전리품이란 말에 세자 얼굴이 굳어 갔다.

"설마……."

"어린 치기에 그만 실수를 하였습니다. 용서를 구할 새도 없이 어머니께서 노예 시장에 팔아 버렸습니다."

"그런데 왜 찾고 있소. 읍."

화가 난 목소리로 말하던 세자가 몸을 움츠렸다. 어깨에서 시작된 건지, 등뼈에서 올라온 건지 모를 통증이 늑골을 쪼아 댔다.

"마마, 내의원을 부르겠습니다."

"관두시오."

서둘러 일어서는 용 장군을 붙드는 목소리에 힘이 없었다. 아버님도 뵙지 못했는데 아프다고 의원을 먼저 부를 수는 없었다.

"그래, 왜 찾고 있소?"

세자가 노기 어린 목소리로 물었다.

"잊고 살았다 생각했는데, 마마께서 피로인들에게 관심을 기울이시는 걸 보며 많은 생각이 들었습니다. 직접 만나 용서

를 빌고 싶습니다. 만약 그러지 못하더라도 마마를 도우면서
그 일을 함께 하고 싶었습니다."

용 장군이 말을 마치고 고개를 숙였다.

13. 사라진 어머니

진영이 벌떡 일어났다. 희부연 빛이 창호지로 들어왔다. 진영은 혼자 방에 누워 있었다. 부엌으로 가 보았다. 역시 어머니는 오지 않았다. 어머니에게 무슨 일이 생긴 건 아닌지 가슴이 두근거렸다. 진영은 바로 튀어 나가 도성으로 달렸다. 막 도성으로 들어가려는데 누가 진영의 소매를 잡아당겼다. 놀라돌아보니 백냥이였다.

"어디 가? 오늘은 나하고 같이 보따리 찾으러 다녀."

윽박지르듯이 말을 하지만 백냥이는 잠도 못 잔 듯 힘이 없어 보였다.

"선비님이 아직도 많이 아프셔?"

고개를 끄덕이는 백냥이 눈에 물기가 어렸다. 백냥이는 다른 하인들과는 달라 보였다. 선비와 특별한 인연이 있는 게 분명했다.

"저, 잠깐만 피마길에 다녀와서……."

진영이 말을 하는데도, 백냥이는 진영의 소매를 놓지 않고 끌어당겼다. 백냥이는 아주 화가 많이 났다는 표정을 지었지만 진영에겐 슬픈 얼굴로 보였다. 진영은 할 수 없이 백냥이를 따라갔다.

모래내로 내려간 백냥이가 두 손을 모으고 흘러가는 개울을 향해 절을 했다. 백냥이는 무엇을 저렇게 간절히 비는 걸까. 진영도 두 손을 모으고 허리를 굽혀 절을 하고 싶었다. 자신이 이 나라에서 없어져야 하는 사람은 아니라고, 살았던 흔적을 지워 버려야 하는 아무것도 아닌 사람은 아니라고 개울이라도 말해 주길 바랐다.

어머니는 아무리 힘들어도 절에 한번 가지 않았고, 무당집에도 가지 않았다.

'나를 도와줄 사람은 나뿐이다.'

그 말을 들을 때, 진영은 어머니가 대단해 보였다. 하지만 지금 새삼스럽게 어머니에 대해 아무것도 모르고 있다는 생각이 들었다. 어머니의 두려움이 무엇이었는지, 혼자 진영을 키우며 얼마나 힘들었을지. 진영은 생각도 해 본 적 없었다.

한참이나 백냥이가 흘러가는 물을 향해 절을 했다.

'백냥이가 말한 아픈 이름들은 누구일까. 선비는 왜 그 이름이 적힌 책을 들고 이 모래내로 왔을까. 백냥이는 왜 그렇게 자기 일처럼 찾고 있는 걸까. 그래, 보따리를 찾아서 원래의 주인에게 돌려주자. 그게 정말 의금부에 증거로 쓰일 거라면 정 대감이 알아서 하겠지.'

진영이 걸음을 옮겼다. 백냥이가 쫓아왔다.

"개똥아, 안에 있지?"

진영이 칠보와 개똥이가 사는 초가의 방문을 두드렸다. 이 아이들이 분명히 보따리를 가져갔을 거라고 진영은 생각했다. 아니 그렇게 믿고 싶었다.

방문이 텅 열리고, 개똥이가 얼굴을 삐죽 내밀었다.

"아니, 너는!"

백냥이가 놀라서 툇마루로 올라섰다. 칠보라는 아이가 부스스 일어나다가 화들짝 놀랐다. 백냥이는 방으로 뛰어 들어갔다.

"제발 그 보따리 돌려줘. 그 보따리는 정말 중요한 거야."

백냥이가 개똥이 팔을 붙잡고 애원을 했다.

"우리 나리가 그걸로 꼭 할 일이 있단 말이다. 우리 나리는 지금 아파서……."

백냥이는 아예 울상이 되었다. 칠보는 놀라서 꼼짝도 못 했다. 개똥이는 칠보 눈치만 보며 눈을 끔벅거렸다. 그러다 진영을 올려다보았다.

"형아."

"응?"

"형아네 어머니 돌아왔어? 어제 잡혀갔잖아."

진영은 개똥이 말을 들으며 눈을 끔벅였다.

"누구? 우리 어머니?"

"응. 매일 국밥 주는 고운 아줌마 말이야."

"그 아줌마 아들이야?"

칠보가 진영을 다시 보았다.

"근데, 누가 잡아갔다고?"

멍하게 있는 진영이 대신 칠보가 물었다.

"어제 점심때쯤, 어떤 시커먼 옷을 입은 장정 둘이……."

"너, 잘못 본 거 아냐?"

이번에는 백냥이가 진영 대신 물었다.

"아니야! 나한테 만날 국밥 주던 그 아줌마 맞는데. 잡혀갔는데."

진영이 허둥거리며 마당으로 나갔다. 도대체 누가, 왜 어머니를 잡아갔을까. 그래서 밤새 어머니가 집에 오지 못했던 거였다. 진영은 마당에서 어디로 가야 할지 몰라 허둥거렸다. 백냥이가 진영의 팔을 잡아끌었다.

"국밥집이 어디야? 가 보면 알 거 아냐?"

진영은 백냥이와 함께 도성으로 뛰었다.

어떻게 국밥집까지 갔는지, 진영이 들어서자 화천댁이 놀라서 주위를 살폈다.

"도대체 뭔 일이다냐?"

화천댁도 진영만큼이나 놀란 모양이었다.

"누구예요? 누가 우리 어머니를 잡아가요?"

"그놈들이 나 누구요 하고 잡아간다니? 우리 대감마님이 모셔오라 했습니다. 말로는 그러면서 팔을 우악스럽게 잡고 가더라니까."

화천댁이 장정들 말을 흉내 내며 몸서리를 쳤다.

"대감마님이요?"

"응. 그런데 니 엄니는 그냥 순순히 끌려가든디. 누구냐고 묻지도 않고……."

어머니가 아는 대감마님이 누군지 진영은 머리를 굴려 보았다. 떠오르는 사람이 없었다.

"혹시 다른 사람이 찾아온 적은 없었어요?"

백냥이가 물었다.

"글씨……. 그저께 저녁답에는 어떤 늙은 사내 하나가 찾아 왔었는데, 국밥을 시켜 놓고 다 먹지도 않고……. 한참 있다가 상주댁한티, 미안합니다, 그러대. 그러니까 상주댁이, 순길 아범이 뭐 이러면서 솥만 닦더라고."

진영은 뒤통수를 맞은 듯, 두 팔로 머리를 감싸고 주저앉았다. 혹시 보따리 때문일까. 찾겠다고 약속해 놓고 아무 소식이 없어서? 하지만 그건 아무에게도 말하지 말라고 했던 일이었다. 어머니를 붙잡아 갈 이유는 아닌 것 같았다. 문득 순길 아범이 어머니에게 '애기씨'라고 했던 일이 생각났다. 이어, 어머니가 정 대감 집을 보던 모습도 떠올랐다. 진영이 벌떡 일어섰다. 백냥이가 진영의 팔을 흔들었다.

"누군지 알아?"

"알아. 정 대감."

"정 대감?"

"이번에 한성부 판윤으로 오시는 분이야."

백냥이 눈이 점점 커졌다.

"니가 그 사람을 어떻게 알아? 너희 어머니는 어떻게 알고?"

"사실은……."

진영은 보따리에 대해 말하려다 말고 북촌으로 냅다 뛰었다. 차마 보따리를 정 대감에게 주기로 했다는 말을 할 수가 없었다. 꼭 그 일이 아닌 것도 같았다. 백냥이가 쫓아왔다. 북촌으로 들어갔지만 어떻게 해야 할지 몰라서 골목을 돌기만 했다.

"일단 숨어서 동태를 살피자. 사람들이 많이 오갈 시간이잖아."

백냥이 말이 맞는 것 같았다. 당장 정 대감 집으로 뛰어 들어가서 어머니를 왜 잡아갔냐고 따질 수도 없는 일이었다. 확실히 이 집에 어머니가 있는지부터 확인해야 했다. 백냥이와 진영은 담장을 돌아 집 뒤, 소나무가 드문드문 서 있는 빈터에 숨었다.

"니가 말하는 그 정 대감, 아니 정 진사는 세자마마가 청나라에 있을 때, 세자마마와 빈마마가 무얼 하는지 일일이 후궁 소용 마마에게 알렸던 사람이야. 이번에 높은 벼슬을 얻어서 한양으로 온 것도 다 소용 마마가 힘을 써서일 거야. 아직 교지 가 내린 것도 아니지만."

백냥이가 중얼거리듯 말했다.

"니가 그걸 어떻게 잘 알아?"

───────────────

■ 교지 조선 시대에, 임금이 사품 이상의 벼슬아치에게 주던 임명장.

"내가 늘 봤으니까. 임금님께서 따로 기별이 올 때마다 세자마마가 얼마나 힘들어했다고. 그게 다 정 진사가 세자마마에 대해서 이상하게 일러바친 것 때문이라고 상궁들이 말했었어."

"니가 늘 봤다고?"

진영은 고개를 갸웃했다. 세자마마가 청나라에서 살았고, 지금은 돌아온 걸 사람들은 다 알고 있었다. 그래서 세자마마가 무사히 돌아온 걸 축하하는 잔치도 열린다고 했었다. 무슨 이유에선지 취소가 되었지만.

"너는 왜 이렇게 머리가 안 돌아가냐? 보따리 들고 있던 그 선비님이 바로 세자마마라고."

백냥이가 소리를 낮추며 타박했다. 진영은 두 손으로 입을 막다가 무릎을 꿇고 앉았다. 온몸에 소름이 끼쳐 말이 나오지 않았다. 차라리 땅속으로 사라져 버리고 싶었다. 세자마마의 보따리를 정 대감에게 가져다주겠다고 약속했던 일이 진영을 벌벌 떨게 했다.

"정 대감은 그 보따리가 의금부에 들어갈 증거품이라고 했단 말이야."

진영의 입에서 자신도 모르게 정 대감이 했던 말이 나와 버렸다.

"무슨 소리야? 정 진사가 보따리를 가져오라고 했단 말이야?"

"어······. 그런데 아직 보따리를 안 가져가서 우리 어머니를 잡아간 것도 같고······. 다른 이유가 있는 것도 같고······."

진영은 숨 쉬기가 힘들어 가슴을 쿵쿵 쳤다.

"그건 의금부에 갈 물건이 절대 아니야. 정 진사한테 무슨 꿍꿍이가 있는 것 같아."

백냥이가 하늘을 올려다보며 중얼거렸다.

진영과 백냥이는 한숨만 내쉬며 날이 저물길 기다렸다.

14. 세상에 없던 아이

종루에서 인정이 울렸다. 커다란 나무들이 어둠 속에 서 있는 무서운 장승처럼 느껴졌다. 진영은 조심스레 담장을 돌아 나오며 집 안을 살폈다. 담은 그리 높지 않아서 깨금발을 하면 안이 조금씩 보였다. 안채에선 불빛이 나왔지만 사랑채는 어두웠다.

"대감마님이 안 계신가?"

진영이 사랑채를 뚫어져라 보며 중얼거렸다.

"정말 이곳에 너희 어머니가 잡혀 있을까?"

백냥이가 혹시나 하는 말을 했지만, 진영은 이곳에 어머니가 있을 거라는 생각이 자꾸 들었다.

하인들 움직임도 없었다. 진영과 백냥이는 뒤꼍으로 들어가는 담을 넘었다. 넓은 뒤꼍에 작은 별채가 있었다. 별채를 감싸듯 기다란 대나무들이 늘어서 있었다. 어머니가 잡혀 있을 만한 광은 보이지 않았다. 부엌과 가까운 곳에 있을지도 몰랐다. 백냥이는 별채 주위를 살폈고, 진영이 안채로 난 중문 가까이로 가는데 갑자기 대문이 열리고 하인들이 뛰어나와서 인사하는 소리가 났다. 정 대감이 돌아온 것 같았다.

잠시 후 중문 가까이로 기척이 느껴졌다. 진영은 백냥이에게 신호하고, 얼른 뛰어가서 우물 뒤에 숨었다. 정 대감이 뒤꼍으로 들어섰다. 주영달이 뒤에서 따라왔다. 정 대감은 잠시 주위를 살피는 듯하더니 별채 쪽으로 갔다. 진영은 고개를 갸웃하며 계속 보았다. 나무 문이 삐거덕거리며 열리고 닫히는 소리가 들렸다. 진영이 발소리를 죽이며 다가갔다. 별채 뒤에 작은 광이 대나무로 둘러싸여 있었다. 문틈으로 불빛이 새어 나왔다. 진영은 광 뒤쪽으로 돌아갔다. 백냥이가 숨을 죽이고 서 있었다. 둘은 벽에 바짝 다가가서 귀를 대었다.

"몇 년 전, 청에서 최 집사를 만난 적이 있다. 그때 분명히 최 집사는 니가 죽었다고 했다. 그런데 너는 이렇게 살아 있고, 아이까지 있다니. 그 아이 지금 어디 있느냐?"

'최 집사?'

진영은 고개를 갸웃하다가 고개를 저었다. 최씨 성을 가진 사람이 한두 사람이 아니다.

"숙부님……."

정 대감에게 숙부님이라고 하는 여인의 목소리가 들렸다. 진영은 더 바짝 귀를 대었다.

"숙부님, 어제도 말씀드렸지만 저는 자식이 없습니다. 순길 아범이 본 아이는 가끔 국밥 먹으러 오는 아이예요."

진영은 망치로 머리를 맞은 것 같았다. 경상도 말을 쓰지 않았지만 분명 어머니 목소리였다. 어머니 목소리는 작고 갈라졌다. 물 한 모금 마시지 못한 듯 마른기침도 했다. 그런데 정 대감과 어머니가 하는 말이 무슨 뜻인지 진영은 알아듣지 못했다. 보따리 때문에 어머니를 잡아 둔 게 아닌 건 확실했다.

"순길 아범이 확인했다. 나도 그 아이 얼굴을 돌이켜 생각하니, 눈매가 너의 어릴 적 모습을 닮은 것 같았다."

"아닙니다. 저희 집에 가 보아도 됩니다. 제 피붙이라곤 없습니다."

진영의 무릎이 스르르 꺾였다. 어머니가 자신에겐 자식이 없다고, 진영이가 자신의 자식이 아니라고 말하고 있었다.

"왜 그때 죽지 않고 도망을 간 것이냐? 오랑캐 놈한테 몸을 더럽히고도 그리 살고 싶더냐. 가문과 정수령 너의 이름에 먹칠을 하고 싶더냐 말이다."

누가 들을까 입을 앙다물며 뱉어 내는 정 대감의 노여운 목소리가 천천히 벽을 통과해서 진영의 귀로 들어왔다.

오랑캐, 몸을 더럽히고……. 정태 어머니가 금이에게 그랬던 것처럼 정 대감도 어머니에게 화냥년이라고 말하고 있었다. 왜 살아 있느냐고 다그치고 있었다. 진영이 기억하는 그 말이 사실이라니, 그동안 어머니가 두려움에 떨며 짐을 싸야 했던 이유가 바로 그거였다니. 진영은 정신이 아득해졌다.

"정묘년 난리 때, 네 아버지가 오랑캐와 싸우다 죽은 공으로 웃전에서 다시 관심을 보이기 시작한 집안이다. 그래서 최 집사가 너를 다시 사 왔을 때, 너에게 가문을 위해 죽으라고 한 것이었다. 오랑캐에게 겁탈당한 여식이 있으면 또다시 우리 집안이 무시당할까 봐. 조카도 자식인지라 내 얼마나 마음이 아팠겠느냐. 그때 너의 몸에는 이미 오랑캐의 자식이 있었단 말이지. 오랑캐 자식을 낳았단 말이지!"

정 대감이 말을 할수록 진영은 몸속 피가 거꾸로 솟구치는 것 같았다. 얼굴은 확확 달아오르는데 몸은 땅바닥으로 꺼질 듯 찌그러졌다. 손이 쉴 새 없이 떨려서 벽을 짚지도 못했다. 백냥이가 진영의 떨리는 어깨를 잡아 주었다. 정 대감의 말이 또 들렸다.

"이제 겨우 소용 마마의 은혜로 한양으로 돌아왔다. 이번

일만 잘되면 한성부 판윤은 바로 내 자리가 된단 말이다. 교지가 내려오기 직전이란 말이다. 그런데 너의 일이 알려지게 된다면 다른 양반들이 가만히 있겠느냐! 오랑캐의 자식이 있는 집안에 벼슬을 주겠느냐 말이다. 내 당장 그놈을 찾아내서 요절을 내고 말 것이야!"

정 대감의 호령이 벽을 뚫고 진영의 귀를 파고들었다. 부지런하다 칭찬해 주고, 시전을 차려 주겠다며 호의를 베풀던 그 정 대감이 어머니를 죽이려 했던 사람이었다니. 지금은 자신까지 죽이려 하는 사람이라니.

"숙부님, 저 또한 숙부님이 고향으로 돌아오시니 기쁩니다. 어린 시절 살았던 집과 그 하늘 아래서 잠시 머물고 싶어서, 잠시 다니러 온 것뿐입니다. 그 아이는 제 친자식이 아닙니다. 적적하여 부모 없는 아이를 데려다 키운 겁니다. 내일이면 떠나려고 했습니다. 다시는 가문에 피해가 가는 일 없을 겁니다."

힘이 다 빠진 어머니의 목소리가 겨우겨우 들렸다.

진영은 자신의 물건이 전부 치워져 있던 집을 떠올렸다. 어머니는 자기 자식을 세상에 없던 아이로 만들려 했다. 그도 아니면 주워다 키운 아이로 만들고 있었다. 가문에 더 이상 피해가 되지 않도록 떠나겠다고 애원하고 있었다.

진영이 힘겹게 일어나서 대나무 사이를 지나 담으로 갔다.

다리가 후들거려 담을 오르기가 힘들었다.

"쿵!"

담장 밖으로 진영이 떨어졌다.

"누구냐!"

광문이 열리고 주영달이 소리쳤다.

"그놈이다. 잡아라!"

정 대감의 말과 주영달이 달려오는 소리가 담장을 넘어왔다. 진영은 뛰었다. 뛰다가 넘어지고 또 일어나서 뛰었다. 북촌을 나오고 운종가 시전들 사이로 무조건 뛰었다. 왜 뛰는지도 몰랐다. 뛰어야만 할 것 같았다. 백냥이가 진영의 앞을 가로막았다.

"정신 좀 차려 봐. 정 대감 하수인들은 돌아갔어. 이대로 돌아다니다 경수소*에 잡혀가."

백냥이가 멍해 있는 진영을 어디론가 끌고 갔다.

백냥이가 이끄는 대로 어느 집으로 들어간 진영은 툇마루 밑에 털썩 주저앉았다.

"내가 오랑캐의 자식이라니. 그럴 리가, 그럴 리가……."

■ 경수소 조선 시대에, 중요한 길목에 설치하여 순라군들이 밤에 지키도록 한 군대의 초소.

진영은 캄캄한 마당을 바라보며 중얼거렸다. 믿을 수 없는 일들이 어둠을 뚫고 나온 원귀들처럼 자신에게 다가오고 있었다. 진영은 눈을 감고 머리를 흔들었다.

어머니가 오랑캐에게 겁탈당했다는 사실을 믿고 싶지 않았다. 어머니와 금이를 고통 속으로 빠뜨린 오랑캐의 후손이 바로 자신이라 생각하니 몸서리가 쳐졌다.

어머니는 내일 당장 떠나겠다고 했다. 가문에 피해가 가는 일이 없을 거라고 했다. 진영이 친자식도 아니라고 했다. 어머니는 왜 오랑캐의 자식을 낳은 걸까. 왜 낳아서 떳떳하게 살지도 못하고, 또 이렇게 곤경에 처하게 된 걸까. 열일곱 살에 부끄러운 자식을 낳고 한평생 도망 다니며 살았다니. 진영은 어머니 마음을 알 길이 없었다.

진영이 벌떡 일어나서 사립문으로 가다가 멈춰 섰다. 어머니에게 가 봐야 할 것 같았다. 혹시나 정 대감이 또 어머니를 죽이려 할 수도 있었다. 달려가서 정 대감에게 자신을 대신 잡아 가두라고, 자신을 죽이라고 애원이라도 해야 할 것 같았다. 그런데도 손은 사립문을 잡고 놓지 못하고 있었다.

'청으로 가거라.'

뜬금없다고만 생각했던 어머니 말이 진영의 마음을 흔들었다. 어머니는 정 대감이 알기 전에 진영을 청으로 보내려 했던 것이다. 청에는 최 집사가 있다고 했다. 아버지 친구로만 알았던 최 집사는 어머니 집안 집사였던 것 같다. 최 집사가 알 것이라고 했다. 그렇다면 최 집사는 어머니를 겁탈한 청인을 알고 있단 말일까. 어머니는 그 청인에게 정말 진영을 보내려 한 것일까. 자신을 겁탈한 사람에게 자식이라며 진영을 보내려 한 것일까. 사립문을 쥔 손에 힘이 들어갔다. 도저히 믿을 수 없었다.

왜, 내가……. 왜, 내가 오랑캐의 자식인 거야. 왜 어머니는 나를 낳았을까…….

진영의 목까지 차오른 불덩어리가 밖으로 나오지도 못하고 속에서 끓고 있었다. 어머니를 만나 따지고도 싶었다. 어머니 자식이 아니었느냐고.

하지만 아무것도 못 한 채 진영은 툇마루로 돌아와 쓰러졌다.

'정수령.'

정 대감 입에서 나온 어머니 이름이었다. 마을을 옮겨 다닐 때마다 어머니 이름은 바뀌었었다. 감포댁, 밀양댁, 마산댁, 상주댁……. 여태 어머니의 진짜 이름도 몰랐었다.

"정수령, 어머니도 얼마나 본모습으로 살고 싶었을까."

정 대감이 이사 오기 전, 북촌에서 그 집을 바라보던 어머니가 떠올랐다. 얼마나 그 집으로 들어가고 싶었으면 무작정 한양으로 와서 그 집 주위를 뱅뱅 돌았을까.

뒤죽박죽된 머리를 툇마루에 기대며 고개를 젖혔다. 무수히 많은 별들이 밤하늘에 점점이 박혀 있었다.

진영은 손가락을 들어 별과 별 사이를 이어 보았다. 어머니 어깨처럼 둥그렇게 별을 이어 보고, 진영의 두 팔처럼 별들을 이어 어머니 어깨 별자리로 이어 보았다. 아무리 이어도 두 별은 이어지지 않았다. 자꾸만 멀어지는 어머니와 자신 같아서 진영은 눈을 감았다.

15. 백냥과 수복

　진영이 튀어 나가면 따라나설 요량으로 백냥이는 사립문 바깥을 지켰다. 진영이 손가락을 들어 무언가를 그리는 듯하다가, 툇마루에 머리를 박고 움직이지 않았다. 잠이 든 것 같았다.

　'진영이가 청인의 자식이라니…….'

　백냥이는 낮은 한숨 끝에 입술을 깨물었다. 조선으로 돌아와 처음으로 말을 섞은 또래가 진영이다. 운종가와 모래내에서 곱지 않은 눈길로 만났지만, 말을 나눌 수 있는 또래가 있다는 게 왠지 좋았다.

　'그냥 조선에 살았다면 얼마나 많은 벗들을 사귀었을까.'

　상상으로 만든 벗들이 어둠 속에서 생겨났다가 사라졌다.

　"풋, 벗이라니……."

벗들은 고사하고 가족도 하나 없게 만든 전쟁이 있었고, 그 전쟁은 청군의 침략이었다.

진영을 바라보는 백냥이 눈빛에 힘이 들어갔다. 백냥이가 고개를 흔들었다. 진영 잘못도 어머니 잘못도 아니었다.

백냥이는 심양에 있을 때, 청인들 노예가 되어 사는 조선 여인들을 많이 보았다. 청인 집에서 궂은일만 한다면 그건 오히려 다행이었다. 도둑으로 몰려도, 노리개가 되어도, 겁탈을 당해도 죽지 못해 삶을 이어 가고 있었다. 자결하는 여인들이 어딘가에 버려졌다. 아무리 기다려도 조선에 있는 가족들은 오지 않았다. 차라리 도망치다 죽는 걸 택한 사람들이 조선이 어느 쪽에 있는지도 모르고 내달리다 다시 잡혀가곤 했다.

조선관 앞은 청인들과 청인들이 끌고 온 피로인들로 조용할 날이 없었다. 이런저런 피로인들의 문제를 해결해 달라며 청인들이 세자마마를 졸랐고 협박했다. 그런 피로인 중 한 명이 백냥이였다.

청 장군이 작고 비쩍 마른 사내아이를 백 냥에 사라고 세자에게 억지를 부렸다. 너무 비싸다며 옆에 있던 내관들이 몸값을 낮추어 달라 했다. 청 장군은 그러면 다시 데려가겠다고 엄포를 놓았다. 세자가 아이를 보았다. 물기 가득한 아이의 까만 눈동자를 세자는 내치지 못했다.

백냥이는 자신이 몇 살에 청으로 끌려갔는지도 모른다. 세자마마가 자신을 샀을 때, 옆에 있던 내관이 열두어 살쯤 되어 보인다고 했다. 그때부터 셈해 보면 백냥이는 지금 열여섯 살이다. 실제는 더 어릴 수도 있고, 더 많을 수도 있다. 어디에서 살았었는지도 기억나지 않는다. 집이라면 마치 그곳에서 나고 자란 것처럼 청나라 장군 집이 제일 먼저 떠오를 뿐이다. 아버지, 어머니도 기억나지 않는다. 형제자매가 있었는지도 모른다. 조금만 실수해도 매타작을 하던 그 집 부인이 생각난다. 이름도 기억 못 했다. 세자마마가 백 냥에 샀기에 그 후로 내관들이 놀리듯 백냥이란 이름을 붙여 줬다.

진영의 어머니는 어쨌든 집으로 돌아갔다. 광에 갇히긴 했지만, 어린 시절 살던 집 안으로 들어간 것이다. 진영은 오랑캐의 자식이지만 어머니 자식이기도 했다. 어머니는 진영을 살리려 거짓말을 하고 있는 게 분명했다. 진영은 어머니 사랑을 받으며 함께 살아왔다. 피로인인 어머니여도, 죽이려 덤비는 핏줄이라도…… 이 순간, 백냥이는 진영이 부럽기만 했다.

잠시 후에 수복이 왔다. 사립문에 쪼그려 앉은 백냥이를 보며 칼집을 고쳐 잡았다.

"별일 아니야."

백냥이 말에 수복이 턱으로 진영을 가리켰다.

"진영이라고, 개똥이라는 녀석과 같이 있었던 놈."

수복이 고개를 끄덕였다.

"세자마마는 어떠셔?"

"걱정 말라 하셨다. 그리고 오늘은 기필코 너와 함께 다니라 하셨다."

"세자마마의 말씀 말고, 형님이 봤을 때 세자마마 건강이 어떠시냐고?"

수복은 입을 닫고 더 이상 말하지 않았다.

"뭐야, 나는 밖에서 세자마마가 나오시기만 기다리고 형님은 늘 세자마마를 따라다니고. 뭔가 바뀐 것 같지 않아? 세자마마는 나를 더 좋아하신다고."

때아닌 응석받이가 되다니, 진영 때문에 고향과 어머니 생각을 너무 많이 했나 보다.

"오늘은 어디를 돌아볼까?"

수복이 백냥이 옆에 앉으며 물었다. 며칠에 한 번꼴로 백냥이가 어렴풋이 떠오르는 장면을 말하면 수복이 함께 찾아가 보곤 했다. 꿈속에서 보았던 장면도 말하면 같이 가 보았다. 하지만 한성부 어디라도 냇가가 나오고, 산이 사방에 있고, 우물터도 있었다. 모든 곳이 고향 같았고, 모든 곳이 아닌 것 같았다.

"형님은 고향 안 가? 임금님이 세자마마와 함께 온 사람들은 다 고향으로 가라 했잖아."

수복이 백냥이의 눈을 피했다.

"난 갈 곳이 없다."

"고향 없는 사람이 어딨어? 형님도 나처럼 하나도 기억 안 나지? 아니면 고향에 가는 것보다 세자마마와 함께 있는 게 좋아서 안 가는 거지? 누군 가고 싶어도 못 가는데……. 아, 말 좀 해. 말하면 누가 잡아가?"

'응, 잡아가.'

수복이 목 안에서 나오는 말을 다시 집어넣었다. 어떤 말은 하고, 어떤 말은 안 할 수가 없었다. 어떤 말을 하다가, 자신도 모르게 다 말해 버릴 수도 있었다. 수복이 자신에 대해서는 벙어리처럼 입을 다물고 사는 이유였다.

병자년, 전쟁이 났다는 소리를 들은 주인 영감은 정신을 놓을 지경이었다. 전라도 산골이라 오랑캐들 침략이 없었지만 한양에 사는 아들 걱정에 밤잠을 설쳤다. 기어이 영감은 왕도 양반도 다 도망가고 오랑캐들이 득시글거린다는 한양으로 수복을 보냈다.

"니가 발이 빠르니, 얼른 달려가서 살았는지 죽었……. 아니, 반드시 살아 있을 테니 꼭 뫼셔 오너라. 알겠느냐."

'제가 죽으면 어찌합니까요.'

꼭 한마디 묻고 싶었지만 말이 나가는 순간 매타작을 당할 게 뻔했기에 수복은 대강 짐을 꾸려 집을 나섰다.

도적 떼와 산짐승을 피해 도망 다니고, 오랑캐 눈에 걸리지 않게 숨어 다니며 수복은 겨우 한양에 도착했다. 영감 아들이 사는 집은 오랑캐가 한바탕 쓸고 간 듯 세간이 나뒹굴었고 방마다 문이 죄 뜯겨 있었다. 영감 아들과 며느리는 보이지 않았다.

돌아갈 산길이 두려워 나루터로 갔지만 배는 다니지 않았다. 사람들 통곡 소리가 나루터를 휘감고 돌았다. 세자가 심양으로 끌려간다고 했다. 송파나루로 가 보았다. 임금님은 나루를 건너 한양으로 돌아갔다. 세자는 오래도록 임금님이 가는 길을 바라보았다. 강을 건넌 임금님 행차가 보이지 않아도 세자는 자리를 뜨지 않았다. 찬 바람에 얼어 가는 세자를 걱정하는 신하들이 울며불며 세자를 가마에 모셨다. 세자를 태운 가마가 북쪽으로 움직였다. 수복은 행렬 맨 끝에서 가마를 따랐다. 군졸이 아니었기에 밥을 얻어먹을 수 없었다. 수복은 언 땅을 파헤쳐 풀뿌리를 캐 먹었다. 세자가 머무는 거처를 바라보며 멀리서 몸을 단련했다.

임금은 한양에서 고양까지 마지막 배웅을 나왔다. 세자는 의연하게 작별했다.

압록강을 건너고, 질펀한 갈대밭을 앞에 두고 가마는 움직이지 않았다. 번갈아 가마를 지고 가던 가마꾼들은 지쳐 있었다. 발 한번 잘못 디디면 세자가 큰 봉변을 당할 수도 있었다. 그렇다고 세자를 내리게 할 수도 없었다. 바깥 사정을 모를 리 없는 세자가 가마에서 내렸다. 그때, 수복이 세자 앞에 납작 엎드렸다.

"지, 지가 어어업고 건너겠습니다요."

"생각은 갸륵하나 그러다 나를 갈대밭에 처박으면 네 목숨은 없다."

세자 말에 웃음이 감돌았다. 수복이 쭈뼛쭈뼛 고개를 들어 세자를 올려다보았다.

"지, 지는 산에서 몸에 좋다는 뿌리는 다 캐 먹으며 마마를 쫓아왔습니다요. 낮, 밤 가리지 않고 몸을 단련하며 쫓아왔습니다요."

"왜 그랬느냐."

"세자마마를 지켜 드리고 싶었습니다요."

수복을 내려다보며 세자가 잠시 말을 잇지 못했다. 수복이 무안하여 고개를 땅에 박았다.

대신들 반대에도 세자는 수복에게 업혔다. 그때부터 세자는 수복의 고향이 되었다. 늘 세자의 그림자로, 호위 무사로 멀리서 가까이서 세자와 함께했다.

북경에서 조선으로 오기 전, 세자가 수복에게 말했다.

'북경에 남아 있어도 된다.'

수복이 조선으로 가 봤자 돌아갈 고향이 없다는 걸 세자는 알고 있었다. 수복은 고개를 저었다.

돌아온 후 궐 안에서 세자를 지키지 못해도 괜찮았다. 추노꾼에게 잡힐 수도 있지만 겁나지 않았다. 수복이 두려운 건 단 하나, 고향에 돌아온 세자의 자리가 흔들리고 있다는 것이다. 세자의 건강도 좋지 않았다. 수복은 세자를 잃을까 두려웠다.

"오늘은 저 녀석을 도와줘야 할 것 같아."

백냥이가 진영을 보며 말했다. 진영이 머리를 들고 부스스 일어났다. 그러곤 멀뚱멀뚱 백냥이와 수복을 보았다.

"여기가 어디…… 아!"

진영이 벌떡 일어나 사립문 밖으로 튀어 나갔다.

"잠깐만!"

백냥이가 달려가 진영을 붙잡았다.

"어떻게 하려고?"

"설마 밤사이 무슨 일 생긴 건 아니겠지?"

16. 청인의 핏줄

진영은 북촌을 향해 걸었다. 따라오려는 백냥이에게 혼자 가겠다고 했다. 정 대감을 만날 생각이었다. 오랑캐에게 잡혀 갔었다고 죽이려 들다니, 말도 안 된다. 전쟁으로 벌어진 일이 었다. 어머니가 잘못하여 잡혀간 것도 아니었다. 어머니가 남 자여도 죽이려 했을까.

'나는 왜 어머니 몸에 생겨난 걸까.'

진영은 또 한숨을 내쉬었다. 매일 밟고 다녔던 땅이 낯설었 다. 매일 보던 풍경들이 낯설었다. 이 땅과 세상을 진영은 보면 안 되는 거였다. 애초에 없어야 할 사람이었다.

정 대감 집 앞에서 진영은 한참을 서 있었다. 시전을 차려 주 겠다던 정 대감 말에 꿈에 부풀어 이 집을 나섰던 기억이 났다.

지금은 한 치 앞을 알 수 없는 자신의 운명 앞에 서 있었다.

진영이 사랑채 마당에서 무릎을 꿇었다. 순길 아범이 허둥거리며 정 대감에게 고했다. 사랑채 문을 부서지도록 밀치며 정 대감이 나왔다. 신발도 신지 않은 채로 마당으로 내려선 정 대감이 주영달의 목검을 뺏어 쳐들며 소리를 질렀다.

"이, 이놈을! 여기가 어디라고, 니 어미와 니가 나와 우리 가문에 무슨 짓을 한 줄 아느냐!"

온몸을 부르르 떨며 소리를 치던 대감이 멈칫했다. 대문 밖에서 사람들 소리가 났다.

"바깥을 살피거라."

주영달이 밖을 살피고 들어오며 대문을 닫았다.

"영의정 대감이 지나가고 있습니다."

"뭐시라!"

정 대감은 몸을 숙여 안절부절못하며 바깥 소리에 귀를 기울였다.

"대감마님, 살려 주십시오. 어머니를 풀어 주십시오. 어머니는 죄가 없……."

"조용히 하거라."

대감은 담장 바깥을 보며 인상을 썼다.

"저놈을 다른 광에 가두거라."

정 대감이 목소리를 낮추며 말하고 마루로 올라섰다. 주영달이 진영의 팔을 잡아끌었다.

"참."

대감의 한마디에 모두 멈추고 대감을 올려다보았다.

"그 보따리는 어떻게 되었느냐. 내 정신이 없어서……"

대감이 또 담장 바깥을 살폈다.

"그 보따리는 세자마마의 것이잖습니까?"

진영은 일부러 세자마마라는 말을 했다.

"그게 세자마마의 것인 줄 어떻게 알았느냐. 니까짓 게 세자마마를 알기라도 한단 말이냐?"

대감이 마루를 내려와 진영 앞에 섰다.

"세자마마께서 그 보따리로 꼭 할 일이 있으시다 들었습니다."

"꼭 할 일이 있다 했단 말이지. 그러면 그렇지……"

대감이 관자놀이를 짚으며 진영을 보았다.

"그 보따리를 찾아, 내게 가져오너라. 이번에 반드시 증거를 잡아야 된다. 그래야 하루라도 빨리 한성부를 내 손안에 쥘 수 있단 말이다. 그러면 어미와 너의 목숨만은 살려 주겠다."

진영은 자신과 어머니 목숨을 운운하는 정 대감을 올려다보았다. 정 대감이 눈을 부릅뜨다가 헛기침을 하며 고개를 돌렸다.

"어머니를 뵙고 가겠습니다."

진영은 정 대감이 들어간 사랑채와 그 옆으로 난 중문과 널찍하게 마당을 둘러싼 담장을 천천히 훑어보았다. 이곳이 바로 어머니가 살았던 집이다. 언제 이곳을 떠났는지 모르지만, 어머니는 얼마나 이곳으로 돌아오고 싶었을까.

순길 아범이 광의 걸쇠를 풀었다.

아침이었지만 광은 어두웠다. 어머니가 퀭한 눈으로 빛이 들어오는 문을 살폈다. 진영을 본 어머니가 흠칫 놀랐다.

"어머니……."

어머니 모습이 말이 아니었다. 몸은 떨리고 있는데 얼굴엔 땀이 맺혀 있었다. 작은 몸이 금방이라도 땅으로 꺼져 버릴 것만 같았다. 진영은 어머니를 끌어안고 펑펑 울고 싶었다. 그런데 어머니는 옆으로 돌아앉아 진영을 보지 않았다.

"왜 왔노. 얼른 돌아가거라. 어미 말을 와 이리 허투루 듣노 말이다……."

"어디로 돌아가요? 제가 어디서 왔는데요?"

진영이 따지듯 묻는 말에 어머니는 대답을 하지 않았다. 진영은 어머니의 침묵이 두려웠다.

"여태 도망 다닌 이유가, 아버지가 잘못을 저질러서 죽었기 때문이 아니었네요."

진영은 혹시나 하는 마음에 확인하듯 어머니에게 물었다.

"그러니까 저는…… 저의 아, 버지는 청나라 오랑캐가 맞다는 말이지요?"

진영은 혹시나 하고 또 물었다. 차라리 자신이 길 잃은 아이이길 바랐다. 그럼 어머니 딸도 아니겠지만, 청인 핏줄도 아닐테니까. 어머니를 겁탈한 청인의 자식이 아니어도 되니까. 어머니의 감은 두 눈에서 눈물이 흘렀다. 어머니의 눈물을 처음보았다.

"청인의 핏줄이 맞는 거네요. 어머니는 조선 사람인데 나는 어머니를 겁탈한 청인의 핏줄인 거네요. 조선에 쳐들어와 사람들을 죽이고 끌고 간 청인의 핏줄. 어머니가 그렇게 나를 청으로 보내려고 했던 이유인 거네요. 어머니에게 나는 딸이 아니라 언젠가 돌려보내야 할 청인이었던 거지요?"

끝내 어머니는 대꾸를 하지 않았다. 어머니는 언제든 진영과 헤어질 준비가 되어 있던 사람 같았다.

"그럼 청나라에 아, 아버지란 사람이……."

"최 집사가 알려 줄 기다."

어머니가 바닥에 쓰러져 누웠다. 쿨럭쿨럭. 어머니 기침 소리가 진영의 가슴을 찢었다. 그런데도 진영은 어머니에게 다가

가지 못했다.

"어머니도 본모습으로 살고 싶으셨죠? 정수령으로……."

아무런 대꾸도 없던 어머니가 마른침을 삼키며 말했다.

"내는 아무래도 상관없다."

"제가 책을 가져오면 살려 주신대요. 그러니 조금만 기다리고 계세요."

어머니가 힘겹게 일어났다. 진영이 다가가 어머니 어깨를 안았다. 어머니는 떨지 않으려고 팔에 힘을 주며 안간힘을 썼다.

"책이라니?"

"아, 정 대감이 찾는 책이 있어요. 어디 있는지 알, 아요. 그러니까……."

어머니가 걱정할까 봐 세자마마와 얽힌 이야기는 하지 않았다.

"아이다. 책은 찾지 말고 이 길로 최 집사가 드나들던 상단으로 가거라. 내 미리 말해 뒀으니. 절대 돌아오지 말고. 니가 정 대감의 성정을 모르고……. 책 하나로 달라지지 않는다. 쿨럭, 쿨럭……."

모든 사람이 진영에게 떠나라는 말만 하고 있었다. 죽거나 이 나라를 떠나라고. 진영은 광을 나왔다.

"어미와 너의 목숨을 걸고 한 약속이니 반드시 지켜라, 하셨다."

진영 뒤에서 주영달이 확인을 했다.

책 하나에 운명이 달라지지 않을 거라던 어머니 말과, 책만 가져오면 뭔가 달라질 것처럼 말하던 정 대감 말이 진영의 머리를 어지럽혔다.

진영은 모래내로 뛰어갔다. 개똥이 형제가 동냥하러 집을 나가 버리면 큰일이다.

"개똥아, 개똥아!"

대답이 없다. 진영의 머리에서 땀이 나기 시작했다. 방문을 벌컥 열었지만 두 아이는 없었다. 부엌에도 없었다. 뒤꼍에도 없었다.

"어떡하지."

진영은 방으로 뛰어 들어가 방바닥에 널린 잡동사니를 또 헤집기 시작했다. 시렁도 뒤졌다. 부엌에 가서는 솥이 걸린 아궁이 속에 손을 집어넣어 헤집어도 보았다.

"아, 맞다."

진영은 운종가로 다시 뛰어갔다. 개천 아래 움막에서 두 손을 모으고 서 있던 칠보가 생각났다.

거지들이 동냥하러 다 나갔는지, 개천에는 아주 어린 아기들만이 물가에 나와 있었다. 진영은 칠보가 서 있던 움막으로 다가가 움막 안을 살폈다. 전에 보았던 사내가 다 떨어진 옷을 입고 가부좌를 하고 앉아 있었다.

"뭐야?"

그 사내가 벌떡 일어나 움막 밖으로 나왔다. 움찔 놀라서 돌아서던 진영 눈에 움막 안, 사내가 앉았던 방석이 들어왔다. 거지의 방석치고는 화려했다. 다 주워 온 것들일 것이다. 진영은 사내의 부릅뜬 눈이 무서워서 뒷걸음질 쳤다.

진영은 개천에서 혜화문까지 뛰어다니며 칠보를 찾았지만 보이지 않았다. 할 수 없이 터벅터벅 운종가로 갔다. 피마길로 가려 했는데 발이 자기도 모르게 상미전 앞에 가 있었다. 진영은 상미전에 가지 않을 생각이었다. 정태도 상미전 주인도 꼴 보기 싫었다.

"요즘은 어디서 일하길래 코빼기도 안 보여?"

언제 봤는지 상미전 주인이 곰방대를 빨다가 말했다. 진영은 대답도 않고 생선전으로 갔다. 생선전 앞에 기생과 몸종이 서 있었다. 금이가 보였다. 금이에게로 다가가다가 멈칫했다. 금이 눈을 어찌 볼까. 금이를 저렇게 만든 청인의 피가 자신에게 흐르는데. 마치 자신이 금이를 저렇게 만든 것 같았다.

금이는 아무 표정 없이 통나무 도마 위에 놓인 생선을 탁탁 두드려 토막을 냈다. 생선에서 튀어나온 비늘과 물기에 기겁하며 기생이 물러났다.

"곱디고운 얼굴에, 그 하얀 손으로 생선만 만지며 살 거야?"

"그러고 있으면 평생 부모 짐 되는 거야. 정태 놈이 너 데려
갈 거 같아?"

기생은 느릿느릿, 배배 꼬인 말투로 금이를 긁어 대고 있었
다. 금이가 칼질을 멈추고 길거리를 보았다. 눈동자가 천천히
움직였다. 누구를 찾는 것 같았다.

기생은 곰방대를 물었다가 길게 담배 연기를 내뿜었다. 금
이가 그 연기를 멍하니 보다가 생선을 종이에 싸서 몸종에게
내밀었다.

"내일 너희 집으로 갈게. 준비하고 있어."

금이는 아무 대답도 안 했는데 기생이 결정을 해 버렸다. 기
생이 돌아가고 금이가 바닥에 털썩 주저앉아 무릎에 두 팔을
포개고 머리를 묻고 흐느꼈다. 진영은 금이 어깨를 안고 같이
울고 싶었다.

'나를 도와줄 사람은 나쁜이다.'

갑자기 어머니 말이 떠올랐다. 진영은 눈물을 닦고 칠보와
개똥이를 찾아 두리번거리며 피마길로 갔다.

"이눔아, 이제 그 아줌마 없으니까 오지 마. 알았어?"

국밥집 앞에 개똥이가 어깨를 늘어뜨리고 서 있었다. 화천

댁이 마지못해 개똥이 바가지에 국물을 퍼 주었다. 개똥이는 어머니가 일하던 자리를 보다가 바가지를 조심스럽게 들고 갔다. 진영은 개똥이를 뒤에서 쫓았다. 개똥이는 피마길을 나와 윗길로 바가지를 조심스럽게 안고 천천히 갔다. 그곳은 작은 초가와 기와가 다닥다닥 붙어 있는 곳이었다. 진영은 초가와 초가 사이 골목으로 들어가는 개똥이를 멀리서 보았다. 조금 기다렸다가 진영은 그 골목으로 들어갔다. 골목 안, 어느 집 뒷간 담벼락에 칠보와 개똥이가 바가지를 사이에 두고 앉아 있었다.

"형아, 더 먹어."

"많이 먹었어. 너 먹어."

"아니야, 형아 아프잖아. 이거 먹고 빨리 나아야지."

칠보는 바가지를 받아 들지 않고, 허리를 굽히며 얼굴을 찌푸렸다. 얼굴이 부어 있었다.

"어디 아파?"

진영이 다가가 물었다.

"어, 형아? 형아 어머니는? 돌아왔어? 다치지 않았어?"

진영은 개똥이 머리를 쓰다듬었다. 어머니를 걱정해 주는 개똥이가 기특했다.

"개똥이 쫓아온 거야? 왜? 왜 모두들 우리한테 뭘 달라고 그래?"

흙투성이에 퉁퉁 부은 얼굴을 찌푸리며 칠보가 울먹였다. 개똥이가 진영과 칠보를 번갈아 보며 눈치를 살폈다.

'보따리를 못 가져가면 어머니와 내 목숨이 위험해.'

진영은 이 상황을 아이들에게 어떻게 말을 해야 할지 몰랐다.

"그런데 누구한테 맞은 거야? 그 왕초한테 일러 버려. 너희를 어릴 때부터 돌봐 줬다며."

진영은 칠보를 때린 놈이 있다면 자신이라도 혼내 주고 싶었다.

"돌봐 주긴, 겨우 밥 몇 숟가락 먹여 주고 동냥질 시키고, 도둑질 시키고, 아무것도 안 가져왔다고 때리고……"

칠보 말에 개똥이가 입을 실룩거리다가 눈물을 주르륵 흘렸다. 아무도 돌봐 주는 사람 없이 어린아이들이 얼마나 힘들게 살았을까, 진영은 마음이 아렸다.

진영이 더 이상 말을 못 하고 일어섰다.

"참, 국밥집에 부탁해 놓을 테니까 손님 없을 때 가 봐. 우리 어머니랑 친한 분이셔. 말만 그렇게 사납게 하는 거야."

진영은 개똥이에게 웃어 보이고 길을 나왔다. 칠보는 진영을 보지 않고 고개를 돌려 버렸다.

"이젠 어떡하지."

진영은 종루로 걸음을 옮기다가 운종가를 바라보았다. 비가 내려도 바람이 불어도 운종가를 뛰어다니고, 이곳에서 자리 잡고 살고 싶었던 꿈이 아득하게 멀어지고 있었다. 이젠 어느 곳도 마음 놓고 발을 디딜 곳이 없는 것 같았다. 어디로 가야 할지 몰라 발이 제자리만 맴돌았다. 그때, 누가 진영의 손을 잡았다. 개똥이였다.

"왜?"

"우리 형아, 보따리 돌려 달라고 했다가 맞았어."

개똥이가 입을 실룩거리며 겨우 말했다. 진영은 무릎을 꺾어 개똥이 눈물을 닦아 주었다. 개똥이가 몸을 돌려 어딘가를 가리켰다. 진영은 그곳이 어디인지 알 것 같았다.

"그랬구나."

부모 없이 왕초가 시키는 대로 해야 하는 아이들이었다.

"이제부턴 내가 보따리 찾을게. 칠보한테 가서 고맙다고 전해 줘. 지금 바로 가."

17. 꼭 해야 할 일

 개천으로 가다가 진영은 백냥이를 떠올렸다. 진영의 걸음이 점점 느려졌다. 보따리를 정 대감에게 가져다주어야 어머니를 그곳에서 빼내 오고, 살 수 있었다. 그런데 그 보따리는 세자 마마의 것이다. 어떡해야 할지 몰라 진영은 궁궐 앞에 가 보기로 했다. 백냥이와 얘기라도 나누어 보고 싶었다. 한양에 들어온 지 일 년이 넘어도 궁궐 바로 앞에는 한 번도 가 보지 않았다. 육조 거리에 있는 큰 궁궐은 문이 굳게 닫혀 있었다. 다른 궁에 임금님이 산다는 얘길 들었다. 세자마마도 임금님과 같은 궁에 살겠지.

 임금님이 계신다는 궁에 가까이 갈수록 양반들 행차가 많이 보였다. 진영은 허리를 숙이며 길을 비켜섰다. 백냥이를 못 알아보고 지나칠까 봐 눈을 이리저리 굴리기도 했다.

주위에 큰 기와집 여러 채가 둥글게 모여 있고, 낮은 언덕으로 둘러싸인 커다란 궁궐이 보였다. 언덕에는 키 작은 나무들 사이에 진달래가 불긋불긋했다.

진영은 언덕을 빙 돌아 궁궐 근처까지 갔다. 궁의 담벼락을 따라 창을 들고 서 있는 군졸들이 여럿 있었다. 진영은 무슨 죄를 지은 사람처럼 주뼛거리며 주위를 살폈다. 백냥이는 보이지 않았다. 지나다니는 사람들을 붙잡고 백냥이를 아느냐고 물어볼 수도 없고 답답했다. 다른 궁궐로 가 보려고 하는데, 어깨를 축 늘어뜨린 채 백냥이가 걸어오고 있었다.

"백냥아."

백냥이는 불러도 돌아보지 않고 군졸들이 서 있는 곳으로 갔다. 진영은 백냥이를 쫓아갔다.

"왜 또 왔어? 너 이러다 곤장 맞는다."

군졸이 백냥이에게 험하게 말했다.

"오늘도 차도가 없으시대요?"

"차도가 계신지 안 계신지, 우리 같은 군졸이 어떻게 알겠냐?"

백냥이는 고개를 푹 떨어뜨리고, 한쪽 옆으로 가서 쭈그려 앉았다.

"집에 가 있어. 마마께서 괜찮아지시면 너부터 찾을 텐데."

군졸 말을 못들은 듯 백냥이는 움직이지 않았다.

"백냥아."

바로 옆에서 불러서야 백냥이가 올려다보았다. 진영이도 옆에 앉았다.

"세자마마께서 아직도 많이 아프셔?"

백냥이가 고개를 천천히 끄덕였다. 진영은 궁궐에 사는 세자마마가 아프다는 게 이해가 되지 않았다. 매일 좋은 음식을 먹고, 좋은 옷을 입고, 고생도 안 하고, 공부만 하고 사는데 왜 아플까. 궁궐에 있는 사람들은 매일 웃고만 사는 줄 알았다.

"정 대감은 만났어? 어머니는?"

백냥이 물음에 진영은 어떻게 말해야 할지 몰라 머뭇거렸다.

"정 대감이 곱게 풀어 줬어?"

백냥이가 또 물었다.

"그 보따리를 찾아오면 살려 주겠대. 그런데 어머니는……."

"뭐? 그 보따리를 왜 정 대감에게 줘?"

진영이 말을 끝내기도 전에 백냥이가 버럭 소리를 질렀다.

"그럼 어떡해. 당장 우리 어머니와 내가 죽게 생겼는데……."

"그래서 갖다 줬어? 그래서 나온 거야?"

백냥이가 또 진영의 말을 끊었다. 백냥와 싸울 기분이 아니었다.

"아직 못 찾았어. 말도 다 안 들어 보고······."

진영의 목소리가 떨렸다. 백냥이가 무안한지 발끝으로 땅을 툭툭 찼다.

"너는 세자마마를 어떻게 만난 거야? 너도 청인이야?"

세자마마가 청에서 왔으니, 백냥이도 거기서부터 만났을 터였다. 진영은 혹시나 자신의 처지와 비슷한 녀석인가 싶어서 물었다.

"미쳤어!"

백냥이는 벌떡 일어나 소리를 치고 있는 대로 눈을 부라렸다.

"우리 부모를 죽인 게 청놈들이라고! 내가 왜 청인이야!"

백냥이가 어찌나 크게 소리쳤는지, 군졸이 창을 겨누며 위협할 정도였다. 진영은 차마 백냥이를 올려다보지 못했다. 자신은 백냥이가 치를 떠는 오랑캐의, 자식이었다. 백냥이가 씩씩거리다가 진영을 보며 당황해했다. 진영이 힘없이 일어섰다.

"그래도 너는 어머니랑 살고, 니가 누군지도 알잖아. 나는 아무것도 몰라."

백냥이 말이 아프게 진영을 따라왔다.

"그 보따리 안에 든 책에는 금이처럼, 너의 어머니처럼, 나처럼······. 그런 이름들이······."

사내 녀석이 말도 제대로 못 하고 울먹이다니, 진영은 개천으로 뛰어가 버렸다.

멀리서도 움막에서 가부좌를 하고 앉아 있는 왕초가 보였다. 움막 안에 지켜야 할 것들이 많은 모양이었다. 세자마마의 보따리도 있을 것이다.

진영은 좀 더 지켜보기로 했다. 왕초가 뒷간에라도 가려고 움막을 비울 때, 쏜살같이 달려가 움막을 뒤질 생각이었다. 그런데 두 식경이 지나가도록 왕초는 꿈적도 않았다. 가부좌 튼몸을 이리저리 흔들며 개천을 지켜보기만 했다. 조무래기 거지들이 무언가를 가져다주면, 받아서 움막 안에 들여 넣거나, 별것 없으면 아이들을 윽박질러 내쫓았다.

"빌어먹으려면 자기가 움직이든가. 벼룩의 간을 빼 먹는군."

진영은 화가 나서 중얼거렸다. 왕초를 혼내 줄 힘이 없으니, 지켜보며 중얼거리기나 할 뿐이었다.

"세자마마가 다 나으시면 너 같은 건."

진영이 종주먹을 하다가 궁이 있는 곳으로 고개를 돌렸다. 칠보와 개똥이가 오고 있었다.

"우리 형아가 도와주고 싶대."

개똥이가 목에 힘을 주며 칠보를 보았다. 칠보는 머리를 긁적거리다가 말했다.

"내가 왕초를 끌어낼 테니까, 얼른 움막 안에 가서 찾아봐. 개똥이는 망을 보고."

"왕초가 너희들을 가만두지 않을 텐데⋯⋯."

"한양을 뜨면 그만이지."

칠보가 왕초 있는 쪽을 노려보며 입을 비죽거렸다.

"우리는 우리 아버지 고향으로 갈 거야. 그치이?"

마치 아버지가 고향에 있는 것처럼, 개똥이가 칠보를 보며 눈을 반짝였다.

칠보가 왕초의 움막으로 내려갔다. 개똥이는 근처 다른 움막에 몸을 숨겼다. 진영은 둥둥 뛰는 가슴을 누르며 칠보를 눈으로 좇았다.

칠보가 왕초의 움막 앞에서 두 손을 모으고 섰다. 칠보가 무어라 말하는 것 같더니, 왕초가 허둥거렸다. 그러다가 일어서서 움막 밖으로 튀어나왔다.

이때다. 진영은 걸음을 옮겨 움막 가까이로 갔다. 왕초가 개천을 나간 사이에 움막에 뛰어 들어가야 한다. 진영이 몸을 웅크려 주춤거리며 개천으로 내려갔고, 왕초가 주위를 살피며 개천을 나왔다. 순간 왕초의 눈길이 진영을 스쳐 지나갔다. 진영이 숨이 멎는 것을 느끼며, 저 멀리 인왕산으로 고개를 쳐들었다. 왕초가 어딘가로 달려갔다. 칠보가 눈짓을 주고 왕초를 따라갔다. 진영은 쏜살같이 달려서 움막으로 들어갔다.

움막 안은 어두웠다. 중간에 거적을 깔고 누울 자리를 빼곤 온갖 물건들이 쌓여 있었다. 솥과 그릇들이 한쪽에 쌓여 있고, 도자기도 크고 작은 것들이 자리를 차지하고 있었다. 비단과 면포 더미를 들추고 찾아봤지만 보따리는 없었다. 서책들도 쌓여 있었다. 진영은 혹시나 하여 서책들을 흐트러뜨렸다. 하지만 진영은 보따리 안에 어떤 책이 들었는지 모른다. 정 대감은 의금부에서 쓸 물증이라고 했고, 백냥이는 아픈 이름들이 들어 있다고 했다.

"이름……."

진영은 책을 하나씩 펼쳐 보았다. 움막 안이 어두워 빛이 들어오는 쪽에서 책을 후루룩 훑었다. 이름이 아니라 좋은 말을 적어 놓은 것이었다. 진영은 다른 책을 폈다. 몸에 대한 그림과 병과 약초에 대한 글이 적혀 있었다. 또 다른 책을 펴면서 진영은 바깥을 살폈다. 이야기책 같았다. 개똥이가 움막 가까이에서 이쪽저쪽을 살피며 온몸을 부들부들 떨었다.

"이 책도 아냐. 어떡하지."

몇 권의 책을 펼쳤다 내려놓는 진영의 손이 떨렸다. 또 한 권을 집어 들었다. 언문과 한자가 적혀 있는데 세 글자나 네 글자로 짝이 지어져 있었다.

"이순님, 큰애기, 김갑순이, 작은년이, 분이, 최옥금, 귀생이, 곱단이, 천수어미, 두련이……."

읽다 보니 이름이었고, 읽다 보니 여자들 이름이었다.

'금이처럼…….'

등 뒤로 따라왔던 백냥이 말이 어렴풋이 들리는 것 같았다.

'너의 어머니처럼…….'

순간 콧등이 시큰했다. 이름은 두꺼운 책의 맨 끝까지 적혀 있었다. 바로 밑에 있던 다른 책을 폈다. 그 책에도 이름들이 끝까지 적혀 있었다. 남자들 이름이었다. 또 다른 책에도 이름들이 빼곡히 적혀 있었다.

'도대체 이 많은 이름들이 누구기에, 정 대감과 세자마마가 서로 다른 이유로 찾고 있는 걸까.'

진영은 책을 덮었다. 겉면에 글자가 적혀 있었다. 진영은 글자가 잘 보이게 움막 바깥으로 나왔다.

'還鄕'

"환향? 고향에 돌아오다? 금이처럼, 어머니처럼, 백냥이…… 아!"

심장이 마구 뛰었다. 이 책들은 청으로 끌려간 피로인들 이름을 적어 놓은 것이었다.

"형아! 빨리 나와. 형아, 왕초가 오고 있어!"

개똥이가 움막 앞에서 발을 굴렀다. 진영이 허둥거리며 책을 챙겼다.

"얼른 도망가!"

진영은 움막 앞에 있는 개똥이를 밀었다. 개똥이가 어디론가 뛰어갔다. 왕초가 씩씩거리며 오다가 진영과 눈이 마주쳤다.

"야, 너, 거기서 뭐 해?"

왕초가 놀라서 뛰어왔다.

"도둑맞은 물건 찾아서 가는 거다! 이 나쁜 놈아!"

진영은 왕초에게 소리를 지르며 달아났다.

"거기 못 서! 이것들이 짜고서, 야!"

쿵쿵거리며 왕초가 쫓아왔다. 금방이라도 왕초 손아귀에 붙잡힐 것 같았다. 개천 위로 올라온 다음 진영은 궁궐을 향해 뛰었다. 손에서 책 세 권이 빠져나갈 것 같아 옆구리에 책을 끼워 팔로 누르고, 다른 손은 책을 잡고 뛰었다. 아무리 상주 다람쥐라도 두 팔을 흔들지 않으니, 맘대로 뛸 수가 없었다. 진영은 헉헉거리며 뒤들 돌아보았다. 왕초가 바짝 쫓아왔다. 진영이 앞으로 내달리다가 화들짝 놀라 멈췄다. 주영달이 운종가 쪽에서 오고 있었다. 정 대감에게 책을 가져다주기로 했었다. 그래야 어머니와 자신이 살 수 있었다. 그런데 마음은 세자마마에게로 가고 있었다. 이 아픈 이름들을 정 대감에게 넘기고 싶지 않았다.

"책을 찾은 거냐?"

주영달이 달려왔다. 왕초도 달려왔다. 진영은 덫으로 둘러싸인 생쥐가 된 것 같아 냅다 뛰었다.

"아니, 어디로 가는 거야? 왜 궁궐 쪽으로 가는 거야!"

진영을 쫓아오며 주영달이 소리쳤다.

"야, 이리 가져오지 못해! 그 책이 너와 어머니의 목숨값인 걸 몰라!"

진영이 멈칫했다. 광에 갇힌 어머니가 떠올랐다.

"진영!"

궁궐 쪽에서 백냥이가 진영을 불렀다. 주영달과 왕초가 궁궐 앞이라 주춤거리고 있었다. 백냥이가 점점 진영에게로 다가왔다. 책을 던지면 받을 거리였다. 진영은 책을 잡은 손에 힘을 주었다. 순간 어머니 얼굴이 어른거렸다.

'미안해.'

진영은 백냥이에게 책을 던지지 못하고 북촌으로 냅다 뛰었다. 주영달이 진영을 쫓아 뛰었다.

"이 거지 새끼들 잡히기만 해 봐."

왕초는 씩씩거리다 돌아섰다.

'우리 어머니도 아픈 이름이에요. 정 대감 손에 어머니를 죽

게 할 수 없어요.'

　진영은 세자마마에게 마음으로 용서를 빌며 정 대감 댁 대
문을 두드렸다.

18. 돌아온 이름들

"잠깐."

진영의 눈앞에 목검 하나가 쑥 들어왔다. 진영이 움찔 뒤로 물러났다. 세자마마를 호위하는 무사, 수복이었다. 진영은 책을 꽉 껴안았다.

"세자마마는 그 책으로 꼭 할 일이 있다 하셨다."

수복이 말하는 사이에 대문이 열렸다. 순길 아범이 눈을 끔벅이며 안과 밖을 번갈아 보았다.

"세자마마는 지금 아프시다. 빨리 그 일을 하시고자 한다."

목검을 내리며 수복이 말했다.

"웬 소란이냐."

마당에 정 대감 목소리가 울렸다. 열린 대문 틈으로 정 대감이 바깥을 보았다.

"책을 가져왔느냐? 어서 들어오지 않구. 저놈은 누구야? 순길 아범, 진영이란 놈을 얼른 들이게. 책을 뺏어 오게."

안달이 난 정 대감이 주위 눈치도 보지 않고 소리를 질렀다.

"우리 어머니는 어떡하라고요."

진영은 수복의 눈빛을 외면할 수 없어 울먹였다. 꼭 모래내에서 만났던 선비가 손을 내미는 것 같았다.

"내가 구해 주겠다."

수복이 말하는 사이 주영달이 달려오고 있었다.

"안 된다! 네 이놈!"

기어이 정 대감이 대문 바깥으로 달려 나왔다. 진영이 놀라 책을 수복에게 넘겼다. 책을 받아 든 수복이 진영을 뒤로 보내고 주영달을 막아섰다.

"얼른 백냥이한테 가 있어!"

수복이 주영달과 맞서 목검을 휘두르며 싸웠다.

진영은 생선전 행랑에 숨었다. 금이와 진영 사이로 비린내가 떠돌아다녔다. 금이는 집에 가지 않았다. 집에 가서 누워 있는 아버지를 본다면, 당장 기생집으로 달려갈 것 같다고 했다.

"어떻게든 버텨 보려고."

인정이 울렸다. 순라군*에게 들키지 않게 진영은 행랑과 행

랑 사이에 몸을 숨기며 운종가를 벗어났다. 북촌은 순라군이
더 많이 돌아다녔다.

진영은 정 대감 집 담을 넘어 뒤꼍으로 들어갔다. 어머니가
잡혀 있는 광에 불빛은 없었다. 진영은 벽에 바짝 귀를 대었
다. 어떤 소리도 들리지 않았다.

"어머니이"

목소리를 잔뜩 죽이고, 나무 틈 사이로 어머니를 불렀다.
아무 기척이 없었다. 진영의 가슴이 두근거리기 시작했다. 책
때문에 정 대감이 어머니에게 무슨 짓을 한 건 아닌지 머리가
쭈뼛거렸다. 광을 돌아 문 앞으로 갔다. 문은 잠겨 있었다. 다
시 어머니를 불렀다. 조금 크게. 역시 아무 기척이 없었다.

진영은 마른침을 삼키며 담을 넘어 나왔다. 담장 안으로 정
대감 집을 기웃거렸다. 안채의 불빛이 보였다. 사람은 오가지
않았다. 사랑채 쪽으로 더 가 보았다. 사랑채에서 순길 아범
이 나왔다.

"아저씨"

진영은 누가 들을지도 모르는데 소리를 높였다. 순길 아범

■ 순라군 조선 시대에, 도둑·화재 따위를 경계하기 위하여 밤에 궁중과
　장안 안팎을 순찰하던 군졸.

이 놀라서 주위를 살피고, 대문을 조심스럽게 열었다.

"왜 왔어?"

"대감님 화 많이 났지요? 어머니는요? 아무래도 용서를 빌어야……."

진영이 대문 안으로 들어갈 듯이 발을 옮기며 물었다. 순길 아범이 진영을 막아섰다.

"애기씨는 안방마님이 안채로 모셔 갔다."

"안방마님이요?"

"아, 아무리 그래도 핏줄인데, 계속 가두어 두겠느냐."

순길 아범 말끝에 힘이 없었다. 진영을 바라보다가 눈꺼풀을 떨며 딴 곳을 보았다. 진영은 핏줄이란 말에 얼어붙어 딴생각을 못 했다. 어머니 없는 어두컴컴한 세상에 혼자 떨어져 있는 것 같았다.

"얼른 가거라. 대감마님 오시기 전에. 너 잡으면 가만두지 말라고 주영달에게 시켰단 말이다."

순길 아범이 안달을 하며 진영을 밀어냈다.

"대감마님은 어디 가셨어요?"

"아마도 책 때문에 나가신 것 같다. 오실 때가 된 것 같으니 얼른 가거라."

진영은 순길 아범에게 절을 꾸벅했다. 그리고 안채가 보이는 곳에서 큰절을 했다. 잘된 일일지도 몰랐다. 보따리를 수복에게 주어 버린 터라, 어머니가 어찌 될까 두려웠다. 안방마님이 어머니를 데려갔다면 그걸로 되었다. 이제 자신만 없으면 모든 것이 제자리로 돌아가는 것 같았다.

진영은 북촌을 나와 돈의문 가까이에서 몸을 숨기고 파루가 울리길 기다렸다. 봄밤 같지 않게 서늘했다. 농사철인데 비는 안 오고 서리와 우박이 내리는 날들에, 전염병이 돈다는 말도 있었다. 서리를 맞고, 우박을 맞았던 그간의 일들이 스쳐 지나갔다.

둥, 둥, 둥······. 종루에서 울리는 파루 소리가 퍼져 나갔다. 진영은 모래내로 갔다. 칠보와 개똥이가 왕초에게 당하지나 않았는지 걱정되었다.

"거 봐. 내가 온댔지?"

마당으로 들어서는데, 툇마루에서 개똥이가 소리를 높였다. 진영도 반가워서 활짝 웃었다. 방에서 칠보가 나오고, 백냥이가 나왔다. 진영은 어리둥절했지만 백냥이를 봐서 무척 기뻤다.

"어떻게 된 거야? 책은? 수복 형님이 책을 가져갔는데. 세자마마에게 책을 드렸을까?"

진영이 백냥이 팔을 잡고 연신 묻자 백냥이가 피식 웃었다.

"책은 여기 있다."

방 안에서 들리는 목소리에 진영은 얼어붙었다. 방문이 열리고 까만 갓을 쓴 선비, 아니 세자마마가 나왔다. 세자마마 뒤에 웬 청인도 따라 나왔다. 진영은 그 자리에 납작 엎드렸다.

"책을 찾아 주어 고맙구나. 진영이라고 했지. 덕분에 내가 꼭 해야 할 일을 할 수 있게 되었구나."

"그게…… 너무 늦게 찾아서……."

진영은 말을 잇지 못했다.

"딱 맞게 찾아 주었다. 이제 모래내로 가서 너희들과 그 일을 하고 싶구나."

세자마마 뒤를 칠보와 개똥이, 진영이가 천천히 따라갔다. 진영이 뒤를 돌아보았다. 세자마마를 따라온 청인이 천천히 오고 있었다. 어디서 본 듯해서 백냥이에게 누구냐고 묻고 싶었지만 백냥이는 세자마마 옆에 찰싹 붙어서 걸었다.

모래내 개울로 가는데 세자마마의 숨소리가 점점 커졌다. 백냥이가 자꾸 세자마마를 올려다보았다. 진영도 걱정이 되었다.

"괜찮다. 이 녀석들아. 고향의 봄 냄새가 참 좋구나."

세자마마는 새벽 공기를 다 마셔 버릴 듯 들이쉬고, 몸안에 있는 찌꺼기를 날려 버릴 듯 숨을 내쉬었다.

"해가 날 때까지 조금 기다리자."

세자마마는 모래내 주위를 훑어보다가 물가에 있는 정자에 올라가 앉았다.

"이리들 앉거라."

세자마마가 바로 양쪽 옆자리를 가리켰다. 백냥이가 세자마마 오른쪽에 앉았고 진영이 왼쪽에 앉았다. 칠보와 개똥이도 진영 옆으로 앉았다. 청인은 정자 아래에서 서성거렸다. 멀리 수복이 보였다. 모래내 물길이 졸졸졸 소리를 내며 흘러갔다.

"얘기는 들었다. 그래, 청나라로 갈 생각이냐?"

세자마마가 진영을 보며 물었다. 진영이 답을 못 했다. 돌들이 배 속에서 달그락거리는 것처럼, 청나라라는 말이 진영을 힘들게 했다.

"나도 아버님을 만나러 긴 시간을 건너왔다만……."

세자마마는 말끝을 흐리고 더 이상 말을 하지 않았다. 세자마마 아버님이라면 임금님이신데, 왜 세자마마 표정이 어두운지 진영은 고개를 갸웃했다.

"우리는 아버지 고향으로 갈 거예요."

개똥이가 얼굴을 쑥 내밀며 말했다.

"그러냐. 허허."

세자마마는 개똥이를 보다가 백냥이 쪽으로 얼굴을 돌렸다. 백냥이는 개울만 내려다보고 있었다. 세자마마가 백냥이 어깨를 토닥이며 말했다.

"우리 백냥이도 얼른 고향을 찾아야지. 백냥이는 이제부터 고향을 찾는 데 온 힘을 쏟거라."

"형아는 고향이 없어? 그럼 우리랑 같이 갈래? 우리 아버지 고향은 나주래, 나주."

개똥이가 또 얼굴을 쑥 내밀었다. 백냥이가 개똥이를 보며 슬며시 웃었다.

아침 햇살이 모래내로 퍼지기 시작했다. 세자마마는 일어서서 모래내 상류로 더 올라갔다. 폭포 소리가 점점 크게 들렸다. 폭포가 떨어지는 자리에 웅덩이가 있고 웅덩이 아래로 세찬 물결이 여울을 만들며 아래로 흘러갔다. 세자마마는 물결이 조용히 흘러가는 곳 가운데에 있는 평평한 바위에 섰다.

백냥이가 보따리를 풀자 책 세 권이 보였다. 세자마마는 이 모래내에서 무얼 하려고 저 책들을 가지고 왔을까. 진영은 두 손을 모으고 세자마마를 지켜보았다.

세자마마가 책을 한 권 들어 묶은 끈을 조심스럽게 풀고 겉표지를 걷어 냈다. 그리고 속지 한 장을 펼치고 나머지는 백냥이에게 주었다. 속지는 긴 종이를 두 겹으로 접은 것이었다. 펼쳐진 속지에는 이름들이 가득 적혀 있었다. 세자마마는 속지에 적힌 이름들을 하나씩 불렀다. 진영이가 잠깐 읽었던 이름들이다. 세자마마의 목소리는 높지 않았으나, 그 이름을 가진 사람들의 마음을 두드리며 부르는 것 같았다.

"세자마마! 거기서 무얼 하시옵니까?"

진영은 너무 놀라 자빠질 뻔했다. 물길 위 언덕에 정 대감과 주영달이 서 있었다.

"그 책에 적힌 이름들을 씻어 버린다고 마마의 역모가 없어지겠습니까."

역모라니. 진영은 역모라는 말이 임금님 자리를 엿본다는 그 역모가 맞는 건지, 감히 세자마마에게 그런 말을 써도 되는 건지 몰라 다리가 후들거렸다. 백냥이도 놀라서 세자마마를 보았다. 종이를 잡고 있는 세자마마의 손이 조금 떨렸다.

"그 책을 이리 내시지요. 역모에 가담한 자들의 이름을 어찌 이 깨끗한 모래내에 흘려 버린단 말입니까. 아무리 마마의 건강이 앞을 내다볼 수 없는 지경이지만 역모를 도모한 자들을 벌하지 않을 수는 없지요."

정 대감이 모래내 물길로 천천히 내려왔다. 손을 뻗으면 세자마마가 들고 있는 종이나 백냥이가 들고 있는 책을 뺏어 갈 수 있는 자리였다. 그러나 세자마마는 아랑곳 않고 종이에 적힌 이름들을 읽어 나갔다. 한 장이 끝나면 진영에게 주고, 다른 한 장을 백냥이에게 받아서 또 이름을 불렀다. 인상을 찌푸리며 이름을 듣던 정 대감의 얼굴이 점점 당혹스러워 보였다. 이름들은 전부 여자들 이름이었다. 성이 없는 이름도 많았다.

모래내 주위로 사람들이 하나둘 모여들었다. 어른도 아이도 세자마마 음성에 귀를 기울였다. 세자마마는 점점 힘이 빠지는 듯했지만 이름 부르기를 멈추지 않았다. 책 두 권에 묶인 종이들 속에 있던 이름들이 전부 세자마마 입을 통해서 모래내에 울렸다. 이름 부르기를 마친 세자마마가 하늘을 보았다.

"하늘님이시여, 정묘년과 병자년에 있었던 오랑캐들과의 전쟁 속에서 만리타국으로 끌려가 고통 속에 죽어 간 백성들 이름을 부르옵니다. 임금께서, 이 모래내 물길에 몸을 씻으면 원래의 몸으로 돌아간다 하였으나, 이 물길에 백성들 이름을 흘려보내는 것은 그들의 잘못을 씻기 위함이 아닙니다. 그들에게는 어떠한 잘못도 없사옵니다. 다만 넋이라도 고향으로 돌아오고 싶어 했던 그들의 염원과 이 강을 건너 끌려갔던 그들의 아픔을 씻어 주기 위해, 하늘에 이름을 올리고 이 물에 이름을 흘려보냅니다. 이제 아픔 없는 넋이 되어 하늘에서 편히 쉴 수 있도록 어여쁜 백성들 이름을 받아 주옵소서."

세자마마는 이름이 적힌 종이들을 한데 모아 쥐고, 하늘에 올려 해에 비추고 백낭이에게 주었다. 그리고 한 장을 들어 물속으로 천천히 집어넣었다. 종이에 있던 이름들에 물이 스며들었고, 이름이 까만 눈물인 듯 물길에 흘러갔다. 세자마마는 다른 종이 한 장을 집어 들어 또 물에 집어넣었다. 또 다른 이름들이 물길에 흘러갔다. 백낭이가 말하던 아픈 이름들이었다.

세자마마는 이 일을 하려고 그날 보따리를 들고 여기에 온 것이었다. 세자마마의 뜻도 모르고 정 대감에게 책을 주려 했었다니, 진영은 부끄러워 고개를 숙였다. 근처에 있던 사람들이 물길로 내려왔다.

"도와주겠느냐."

세자마마가 곁에 있던 아낙에게 물었다. 아낙은 조심스럽게 종이를 받아 들어 물에 밀어 넣었다. 아낙의 볼에 눈물이 흘러내렸다. 다른 아낙도 와서 종이를 달라고 했다. 멀리서 보던 사내들도 와서 종이를 받아 들었다. 아이들도 달라고 했다. 사람들은 두 손을 모아 절을 하고 종이에 적힌 이름들을 물에 흘려보냈다. 세자마마가 진영이에게도 이름이 적힌 종이 한 장을 주었다. 진영은 선뜻 종이를 받지 못했다.

"왜 그러느냐."

"저, 저는 그 많은 사람들을 죽게 한 청인의……."

"너의 잘못이 아니다. 너의 어미 잘못도 아니다. 아니 그렇소. 정 진사."

세자마마가 쳐다보자 정 대감이 고개를 돌려 버렸다.

"너의 아픔도 니 어미의 아픔도 이 물에 흘려보내고, 이 세상을 힘차게 살아가면 좋겠구나."

세자마마가 다시 진영에게 종이를 주었다. 진영이 두 손을 올려 종이를 받았다. 진영은 종이에 적힌 이름들을 나직이 읊조리다가 종이를 물에 넣었다. 물길을 따라 흘러가는 까만 이름들 위로 어머니가 보였고 금이도 보였다. 멀찍이서 보고 있던 청인도 다가와서 종이를 받았다. 청인은 받아 든 종이를 한참이나 내려다보았다.

"미안하오."

청인은 분명 조선말로 말하고, 종이를 물에 담갔다.

정 대감이 헛기침을 하다가 언덕으로 올라가려 했다.

"정 진사."

세자마마가 부르는 소리에 정 대감이 멈췄다.

"이 책에는 아직도 청으로 끌려가 돌아오지 못하는 백성들 이름이 적혀 있다오. 물론 다 적을 수 없을 만큼 많은 사람들이 붙잡혀 가서 죽었거나 살고 있소. 그들은 자신들 앞에 닥친 삶을 죽을힘을 다해 살고 있다오. 내 그들을 잊지 않고, 나라의 힘을 키워 고향에 올 수 있게 하겠다고 약조를 했다오."

세자마마가 남은 책 한 권을 살피며 낮은 한숨을 쉬었다.

"정 진사도 알다시피 내 몸이 이러니, 이 책은 정 진사에게 맡기오. 정 진사는 심양과 북경을 자주 드나들었으니 그들의 삶과 내 마음을 잘 아시리라 믿소."

정 대감은 주위의 눈빛들을 살피며 억지로 책을 받아 드는 것 같았다.

세자마마가 하늘을 향해 목을 젖혔다. 봄 햇살이 세자마마 얼굴에 쏟아졌다.

"역시 우리 세자마마십니다. 앞으로 성군이 되실 겁니다."

"그럼, 그럼. 청나라에서도 세자마마 칭찬을 그렇게 많이 했다잖습니까. 그래서 청이 돌려보내 준 거지요."

주위에 있는 사람들이 세자마마를 칭송하며 허리를 숙여 인사를 했다. 못마땅한 얼굴로 주위를 살피던 정 대감과 진영의 눈이 마주쳤다. 정 대감 눈에서 불이 일어나는 것 같았다.

세자마마가 모래내를 떠났다. 정 대감도 어느샌가 가고 없었다. 그런데 청인은 흘러가는 물을 향해 그대로 서 있었다.

"누구야?"

진영이 눈짓으로 청인을 가리키며 백냥이에게 물었다.

"용 장군. 금이를 도와주고, 세자마마를 도와서 피로인들의 이름을 많이 찾아 준 사람이야."

"아……."

진영은 처음으로 청나라 사람 모습을 오래도록 바라보았다.

19. 세자와 임금

잠행을 나온지라 궐까지 걸어가야 했다. 점점 몸에서 땀이 비질비질 솟아올랐다. 무릎에 힘이 빠져 걸음도 시원치 않았다. 세자는 잠시 서서 주위를 살폈다. 내 나라 내 땅을 밟고 하늘을 올려다볼 수 있는 이 시간이 참으로 소중했다. 오가는 백성들 모습이 너무나 어여뻐 달려가 손이라도 잡아 주고 싶었다. 세자는 천천히 걸으며 이 순간을 눈에 가득, 마음에 가득 담았다.

수복이 또 업겠다며 고집을 피웠다. 말은 없으나 마음이 얼굴에 그대로 드러나는 녀석이다. 세자는 수복의 얼굴에 웃음기가 사라지는 게 꼭 자신의 탓 같았다.

수복에게 업혀 들어오는 세자를 보며 내관과 상궁 들이 놀라서 호들갑을 떨었다. 세자는 기운이 빠져서 그들을 제지하지 못하고, 상궁이 펴 준 이불에 몸을 뉘었다. 상궁이 눈짓을 주어도 수복이 나가지 않고 옆을 지켰다.

천장에 모래내 물살이 어른거렸다. 물살을 따라 세자가 불렀던 이름들이 흘러가고 있었다. 그 이름들을 만났던 심양에서의 하루하루가 또 흘러갔다.

세자는 세자빈과 함께 청으로 끌려온 백성들을 속환하기 위해 애썼다. 그게 한 나라의 세자로 마땅히 해야 할 일이라 여겼다. 청이 내준 땅에서 속환한 백성들에게 농사를 짓게 하고, 백성들을 먹이고, 남은 것은 팔기도 했다. 세자는 멀리서도 왕실이 백성들을 버리지 않았음을 보여 주고 싶었다. 백성들의 칭송을 들으면 뿌듯했다. 조선에 계신 아버님 이름이 드높여지고 굳건해지게 자신이 역할을 하는 것에 자긍심이 들었다.

한 해, 두 해, 세 해⋯⋯. 세자는 점점 지쳐 갔다. 어디가 시작이고 어디가 끝인지, 끝이 있긴 한 건지. 위에서는 아버지가, 아래에선 백성들이 세자만 바라보고 있었다.

어느 순간부터 세자는 피로인들 문제에서 멀어지고 있었다. 아프다는 핑계로, 청 황실의 간섭을 핑계로 피로인들 문제는 신하들이 처리하도록 내버려 두었다.

금이와 백냥이의 눈물과 웃음을 볼 때마다, 청의 눈길 앞에서 차마 내칠 수 없어 속환한 게 아닌가, 부끄러움이 밀려들곤 했다. 그동안 했던 모든 일이 한 나라의 세자가 백성들을 돌보는 형식에 불과한 게 아니었나 되묻곤 했다. 진정 백성들 한 사람, 한 사람의 아픔을 돌아보았을까. 그들의 깨져 버린 꿈을 알기나 한 걸까. 자신의 자긍심을 위해 마음을 닫은 채 돈만 내어 준 게 아니었나, 세자는 괴로웠었다.

어느 날, 청 장군이 도망간 피로인의 이름을 적은 종이를 내밀었다. 찾아내라는 것이었다. 세자는 그 종이에 적힌 이름들을 바라보았다. 이름들이 일렁였다. 며칠 몸살을 앓은 후라 그런 듯해서 종이를 내려놓았다. 다음 날 다시 보아도 또 이름들이 일렁였다. 이 이름들은 지금 어디서 청의 눈길을 피해 숨어 있을까. 세자는 그들의 이름을 나직이 불러 보았다. 이름 속에는 삶이 있고 꿈이 있고 죽음이 있었다. 이름 하나에 한 사람이 들어 있었다. 그때부터 세자는 죽은 피로인들 이름을 적기 시작했다. 살아서 살아 내고 있는 피로인들 이름도 적었다. 피로인들 이름을 적을 때마다 세자는 마음을 담아 그들의 아픔을 어루만졌다.

천장에 어른거리던 물살과 이름들이 사라졌다.

세자는 이불을 끌어당겼다. 옷이 축축할 정도로 땀이 나고 있는데도 몸은 떨고 있었다. 상궁을 불러 이불을 더 달라고 했다. 상궁이 주춤거리며 이불을 내지 않았다.

"마마……."

"무, 무슨 일이냐……."

이까지 딱딱 부딪혔다.

"상감마마께서 부르셨사옵니다. 어찌해야 할지……."

"어찌하다니, 어서 의관을 내오거라."

일어나려다 팔에 힘이 빠져 엎어졌다.

"아버님께서 드디어 날 부르시는구나. 이런 날 하필이면 몸이 이 모양이라니……. 수건에 물을 묻혀서 가져오너라. 얼굴을 좀 닦아야겠다. 어서."

아버지에게 할 이야기가 많았다. 아버지가 없는 곳에서 아버지 이름을 드높이기 위해 했던 일들을 이야기하고 싶었다. 세자는 옷을 입다가 어이가 없어 웃음이 났다. 다 큰 자식이 아버지 칭찬을 바라는 응석받이 같았다. 아버님께 드릴 선물은 챙겼는지 내관에게 확인했다. 먼저 이제야 아버님이 건강하신지 챙기게 된 불효에 대해 용서를 구해야 하고, 아직 청나라에 있는 백성들을 데려올 방안도 의논 드려야 하고……, 조선의 힘을 키우기 위한 방도를 의논드려야 하고……, 운종가, 운종가의 상권도 의논드려야 하고……. 세자는 하고 싶은 말을 미리 적어 두어야 했다고 생각하며 또 웃었다. 아버지께서 고생했다, 이 말을 하신다면……. 세자는 마치 지금 아버지에게서 그 말을 들은 것처럼 눈이 뜨거워졌다.

환경전[■]을 나서서 아버지가 계시는 곳까지 가는 동안 머리가 흔들거렸다. 몇 번이나 되뇌었던 말들이 이리저리 흩어져 버리는 것 같았다. 내관이 고하는 동안 손바닥에 흐르는 땀을 용포에 닦았다. 상궁이 마른 수건으로 이마의 땀을 닦아 주었다.

아버지께 큰절을 올렸다. 아버지 옆에는 후궁 소용 조씨가 앉아 세자를 보지도 않고 눈을 내리깔고 있었다. 아버지는 예전에 뵈었을 때보다 눈빛이 더 형형했다. 그 맑은 눈빛을 우러르며 담소를 나누는 시간을 얼마나 기다렸던가. 하지만 아버지는 눈 한 번 깜박이지 않고 세자를 쏘아보았다. 세자가 어쩔 줄 몰라 눈썹을 파르르 떨었다. 어깨가 움츠러들었다. 팔이 아직도 덜덜 떨리고 있었다. 떨림이 용포 바깥으로 나갈까 봐 온몸에 힘을 주었다.

"이것이 무엇이냐."

세자를 바라보기만 하던 아버지가 서안을 두드렸다. 책이 한 권 놓여 있었다. 무슨 책인지 알 수 없었다.

"세자는 도대체 오랑캐 나라에 가서 무엇을 하였단 말인가.

■ 환경전 창경궁에 있는 침전. 소현세자가 청에서 돌아와 생활했다.

어찌 이리 경박한 짓으로 왕실의 위엄을 무너뜨린단 말인가!"

아버지 호통에 세자의 이마에서 또 땀이 솟아났다. 겨우 목을 빼고 책을 다시 보았다. 책 표지에 '還鄕'이라고 적혀 있었다. 정 대감에게 맡겼던 그 책이었다. 청에 노예로 있는 백성들 이름이 적힌 책이었다.

"한 나라의 세자로 위엄을 지키지 못할망정, 이런 천것들과 어울린단 소문이 사실이었던 게냐. 그래, 이런 이름들을 책에 모아 놓은 이유가 무엇이냐. 내가 무능하고 덕이 없어 오랑캐에게 무릎을 꿇고 백성들을 오랑캐 나라로 끌려가게 했다는 증표를 만들 심산이었던 게냐!"

아버지 목소리가 떨렸고 점점 커졌다. 아니라고 해야 하는데 입이 떨어지지가 않았다.

"내 너를 귀히 여겨, 오랑캐에게 잡혀 있는 동안에도 걱정으로 잠을 설쳤거늘……. 너는 이런 책을 만들어 나를 능멸하는구나. 그래, 모래내에 모여 있던 백성들이 너를 성군이라 칭송했다지. 그렇게도 이 자리가 탐난단 말이냐!"

고개를 저었다. 차오르는 눈물 너머로 아버지 모습이 자꾸 멀어졌다. 아버지를 잡고 싶었다. 들들 떨리는 팔을 드는 순간 옆으로 쓰러졌다.

세자는 잠깐 들어온 정신을 붙잡고 주위를 살폈다. 자신의 방이었다. 며칠이나 누워 있었을까. 정신을 붙잡는다 해도 몸이 붕 떠 있는 것 같았다. 이불 밑으로 꺼져 버릴 것도 같았다. 손끝, 발끝에서부터 온몸을 쏘아 대는 통증에 신음을 뱉어 냈다. 세자빈은 다녀갔을까. 아이들 모습이 스쳐 지나갔다. 보고 싶지만 이런 모습을 보여 줄 수 없다. 수복의 얼굴이 얼핏 보였다. 세자가 수복에게 손을 내밀었다.

'아버님께서 오해를 하고 계신 것 같은데……. 빨리 가서 오해를 풀어드려야 한다. 어서…….'

수복이 다가앉는데 내관이 들어왔다.

"세자마마. 상감마마께서 어의를 보내셨습니다."

세자가 퉁퉁 부은 눈꺼풀에 힘을 주며 내관 쪽으로 얼굴을 돌렸다.

"어의라니……."

"상감마마께서 편찮으실 때 침을 놓아 주시던 명의이옵니다. 세자마마께서 쓰러지시고 상감마마께서 걱정이 많으셨습니다. 침을 맞으시면 큰 차도가 있으리라 하시며 어의를 보내셨습니다."

이렇게 큰 불효로 아버지를 상심하게 했는데도 어의를 보내시다니, 아버님 은혜를 어찌 의심했단 말인가. 충분히 아버님이 오해를 하실 만한 일들을 하지 않았던가. 얼른 나아서 아버님의 오해를 풀어야겠다. 세자가 눈을 깜박이며 들여보내라는 뜻을 보였다.

내관이 방을 나갔다. 수복이 더 다가앉았다.

"마마……."

수복이 무슨 말을 하려는지 알 것도 같고 모를 것도 같다. 수복의 손을 잡았다. 어의가 들어왔다. 내관도 들어왔다.

"수복이를 궐 밖으로 내보내라. 그동안 애썼으니 자유를 주라……."

내관이 발버둥 치는 수복을 끌어냈다.

세자는 반듯하게 누웠다. 청나라에서 그 긴긴 시간을 견딜 수 있었던 건 돌아올 곳이 있었기 때문이다. 드디어 돌아왔다. 빨리 나아서 아버님을 뵈어야지. 세자는 눈을 감았다. 할 일을 다 한 듯 마음이 편안해졌다.

어의가 침을 놓기 시작했다.

20. 봄밤의 꽃향기

진영은 며칠을 아팠다. 황망한 일이 겹쳐 일어나니, 몸과 마음을 가눌 길이 없었다. 혹시나 하고 어머니를 기다리기도 했다. 그 집에 갈 수는 없었다. 괜히 정 대감 심기를 건드려 어머니가 또 고초를 겪을까 두려웠다.

언제까지 이렇게 누워 있을 수는 없었다. 궤짝을 열고 어머니 옷을 꺼냈다. 누렇게 바랜 저고리와 자투리 천을 덧대어 꿰맨 감색 치마였다. 진영은 입고 있던 바지저고리를 벗고 어머니의 치마저고리를 입었다. 머리카락도 손으로 쓱쓱 훑어 내렸다가 땋았다. 댕기는 없지만 머리 끈으로 질끈 묶었다.

챙길 만한 옷가지가 없어 봇짐은 꾸리지 않았다. 입었던 옷을 개어서 방에 놓고 어머니께 편지를 썼다. 혹시나 어머니가 집에 다녀갈 수도 있으니까.

'본모습으로 잘 살 터이니, 걱정하지 마세요.'

어머니에게 남기는 마지막 인사였다.

툇마루에 앉았다. 치마가 작아서 발목이 허전했다. 기억하는
한 처음 입어 본 치마가 어색해서 치마를 자꾸 끌어 내렸다.

진영으로 가기로 했다. 어머니도 알고 진영도 알고 있는 곳
이다.

사립문을 나서는데 누가 휘청휘청 걸어왔다. 두리번거리며
어디를 찾고 있는 듯한 사람은, 순길 아범이었다.

"저기, 저……. 여기 어디 진영이라고 산다던데……."

"아저씨, 저예요."

"이잉? 이, 이게 무슨……."

순길 아범이 눈을 크게 뜨고 진영을 위아래로 훑어보며 말
을 잇지 못했다. 진영이 머리를 벅벅 긁었다.

"근데 여긴 어쩐 일이세요? 참, 아저씨가 여길 어떻게 알고
오셨어요?"

"아이구, 내 정신. 애, 애기씨가……. 니, 니 어머니가 말이
여……."

"어머니가 보내셨어요? 저 떠났는지 알아보라고 하셨어요?"

진영이 샐쭉해져서 말했다.

"그, 그기 아니고……. 애, 애기씨가 많이 아픈디……. 아이구, 참 죽게 생겼단 말이여!"

진영의 온몸에 소름이 돋았다.

"마님은 의원도 안 부르고 쉬쉬하고, 나가 마님 몰래 애기씨한티 겨우 물어 갖고는 왔잖여. 이 노릇을 어짜면 좋냐. 죽으면 몰래 갖다 버릴 판이여어!"

"마, 말도 안 되는……. 죽기는 왜, 우리 어머니가 왜……."

진영은 주먹을 꽉 쥐었다. 어떻게 북촌까지 달려갔는지, 진영은 정 대감 댁 대문을 쾅쾅쾅 두드렸다.

"문 좀 열어 주세요!"

"우리 어머니, 우리 어머니 살려 내요. 핏줄이라면서요. 핏줄이라면서 죽기를 기다리다니요!"

진영은 고래고래 소리를 질렀다.

대문이 열리고 하인이 진영을 끌어당겼다. 마당에는 정 대감이 부들부들 떨며 서 있었다.

"니가 지금, 우리 가문을 망치려고……. 아니, 니 모습이 대체……."

정 대감이 진영을 보며 눈을 끔벅거렸다.

"우리 어머니 어딨어요? 우리 어머니 잘못되면 가만있지 않을 거예요."

진영이 중문을 넘어 안채로 뛰어갔다. 정 대감이 진영을 쫓아왔다. 안채에서 안방마님이 나왔다.

"이게 무슨 소란……. 누구냐, 너는?"

"우리 어머니 어딨어요?"

"뒤꼍 별채에 있다."

뒤에서 정 대감이 말했다. 진영이 뒤꼍으로 뛰어갔다.

"아들이라고 안 했어요?"

안방마님의 놀라는 목소리가 들렸다.

별채 방문을 열었다. 어머니는 이불 속에서 돌돌돌 떨고 있었다.

"어머니!"

진영이 뛰어 들어가 어머니를 안아 올렸다. 어머니는 겨우 손가락을 꼼지락거렸다.

"어머니, 저예요, 진영이에요. 저는 어머니가 잘 지내시는 줄 알고……. 어머니, 죄송해요. 눈 좀 떠 봐요."

진영의 눈물이 어머니 얼굴로 떨어졌다. 어머니가 눈을 힘겹게 떴다가 감았다가 또 떴다. 진영의 다리에 놓인 어머니 손에 힘이 들어갔다.

"가, 자……."

"네?"

"우리, 집에⋯⋯."

진영은 어머니를 덮고 있는 이불을 걷어 냈다.

"안 된다! 이 집에서 나갈 수 없다. 너는 당장 청나라로 떠나거라. 니 어미는 죽어도 이 집에서 죽어야 한다. 말 한마디라도 새어 나간다면! 내가 어떻게 이 집으로 돌아왔는데, 한성부 판윤 교지가 금방 내려올 터인데, 니깟 것들이 다 망치려들다니!"

정 대감이 문을 막고 뇌까렸다.

진영이 정 대감을 노려보았다.

"이 집에서 계속 살고 싶으세요? 그 높은 벼슬도 하고 싶으시죠? 그럼 저와 어머니를 내버려 두세요. 다시 북방으로 쫓겨나가고 싶지 않다면요. 저는 어머니와 둘이 살던 대로 살 겁니다!"

"뭐, 뭐시라? 어디서 함부로 지껄이는 게냐!"

정 대감이 허둥거리며 또 주영달에게서 목검을 뺏어 들었다.

"저와 어머니를 보내 주지 않는다면 온 한양 땅에 소문을다 내고 다닐 거예요. 심부름하면서 알게 된 대감들을 다 찾아다닐 거라구요. 영의정 대감도 알고 좌의정 대감도 저를 압니다. 지금 한성부 판윤 대감께도 갈 거고!"

진영은 눈을 똑바로 뜨고 한 마디, 한 마디 내뱉었다. 정 대감이 좋아하면서도 무서워하는 게 바로 그 양반들이고, 권력이란 것이니까. 그래도 한밤중에 나가라며 정 대감은 비켜 주지 않았다.

　봄밤이다.

　어디선가 꽃향기가 날아와 약탕기에서 나오는 냄새와 섞였다. 방문이 열렸다. 어머니가 문간에 기대어 밖을 내다보았다. 진영이 툇마루에 앉으며 어머니 안색을 살폈다.

　"많이 나았다. 인자 슬슬 일하러 가도 될 듯싶다."

　"무슨 말이세요? 어머니는 집에서 쉬세요. 이제부턴 제가 어머니 지켜 드릴게요."

　어머니 얼굴에 흩어진 머리카락을 가지런히 넘기며 진영이 말했다.

　"니는 내 몸속에 생겨난 순간부터 내를 지켰다. 니가 없었으면 내가 지금 여기 있겠나."

　진영의 눈가에 눈물이 어렸다.

　"내가 니를 잃을까 봐 너무 조바심 내고 살았다. 이리 잘 컸는데."

　어머니 두 손이 진영의 뺨을 어루만졌다.

에필로그

진영은 오랜만에 운종가로 나가 보았다. 운종가는 여전히
사람들로 북적였다.

금이는 진영을 보며 입꼬리를 올렸다. 얼마 만에 보는 금이
의 웃는 모습인지.

"본모습으로 돌아온 거야?"

금이 말에 진영이 치마폭을 넓혀 보이며 콧등을 찡그렸다.

"이상하지?"

"하나도 안 이상해. 예쁘기만 하다."

진영은 괜히 생선전을 날아다니는 파리를 잡는 시늉을 했다.

"참, 정태는?"

"정태는 북경으로 그림 공부 간대. 정태는 북경에서 나는

여기서……. 살아야지. 살아 낼 거야."

금이에게 가끔 보였던 야무진 얼굴이 나타났다. 진영은 금이의 두 손을 꽉 잡았다. 금이도 잡은 손에 힘을 주었다.

진영은 종루에 서서 운종가를 보았다. 운종가의 수많은 행랑과 북적이는 사람들이 점점 흐릿한 안개에 싸여 갔다.

'아.'

세자마마의 모습이 보였다. 세자마마는 운종가 대로에서 스쳐 가는 사람들 표정을 보며 흐뭇하게 웃고 있었다. 그리고 시전에 내놓은 물건들을 하나하나 살피며 걷다가 하늘을 올려다보곤 했다. 진영이 세자마마에게로 달려갔다. 처음 만났을 때 그 모습이었다. 그때와 달리 세자마마는 진영을 향해 웃어 주었다. 잘하고 있다고 머리를 쓰다듬는 것 같았다. 세자마마는 가던 길을 계속 걸어갔다.

진영이 주위를 돌아보았다. 안개가 걷혀서 사람들 모습은 선명해지는데 백냥이는 보이지 않았다.

세자마마가 돌아가시고, 백냥이는 어디로 갔을까. 고향을 찾아 떠났을까. 자신을 흘겨보며 지나가던 백냥이의 눈빛이 떠올랐다. 수복은 어디로 갔을까. 칠보와 개똥이는 무사히 아버지 고향으로 갔을까. 걱정과 그리움의 상념이 진영의 마음을 헤집었다.

그렇다고 이대로 있을 수는 없었다. 진영은 천천히 운종가를 돌아다니며 자신이 할 수 있는 일을 찾아보았다. 저잣거리에서 여자가 할 수 있는 일은 많지 않았다. 하지만 진영은 꼭 운종가에서 터를 잡으리라 다짐했다. 어머니도 있고 금이도 있었다. 백냥이와 수복, 개똥이 형제가 어디에 있든 모두가 함께했던 곳은 이곳이다. 언젠가는 모두 이 운종가에서 다시 만날 것이다.

"물렀거라! 물렀거라!"

양반의 행차를 알리는 소리가 났다. 사람들이 길 가운데를 비워 주려고 물러섰다.

"물렀거라. 새로 부임하신 한성부 판윤 정차수 대감님이시다. 물렀거라!"

길을 트라는 소리가 높을수록 사람들은 더 허리를 숙이고, 무릎을 꿇었다. 피마길로 들어가는 이들도 있었다. 양반의 행차가 점점 진영 가까이로 왔다. 사인교에 앉아 흐뭇하게 주위를 돌아보던 정 대감과 진영의 눈이 마주쳤다.

진영은 정 대감의 눈길을 피하지 않았다.

돌아왔지만,

돌아오지 못한 이름들과 이름에 담긴 이야기를 쓰고 싶었다.

마음에 품고, 쓰고 고치는 동안 시간이 많이 흘렀다.

게으르고 능력 없는 나의 이름을 보태

이 책을 내놓는다.

부디 나의 이름을 보지 말고, 그들의 이야기를 기억해 주길

……